せつなの嫁入り 二

黒崎 蒼

富士見L文庫

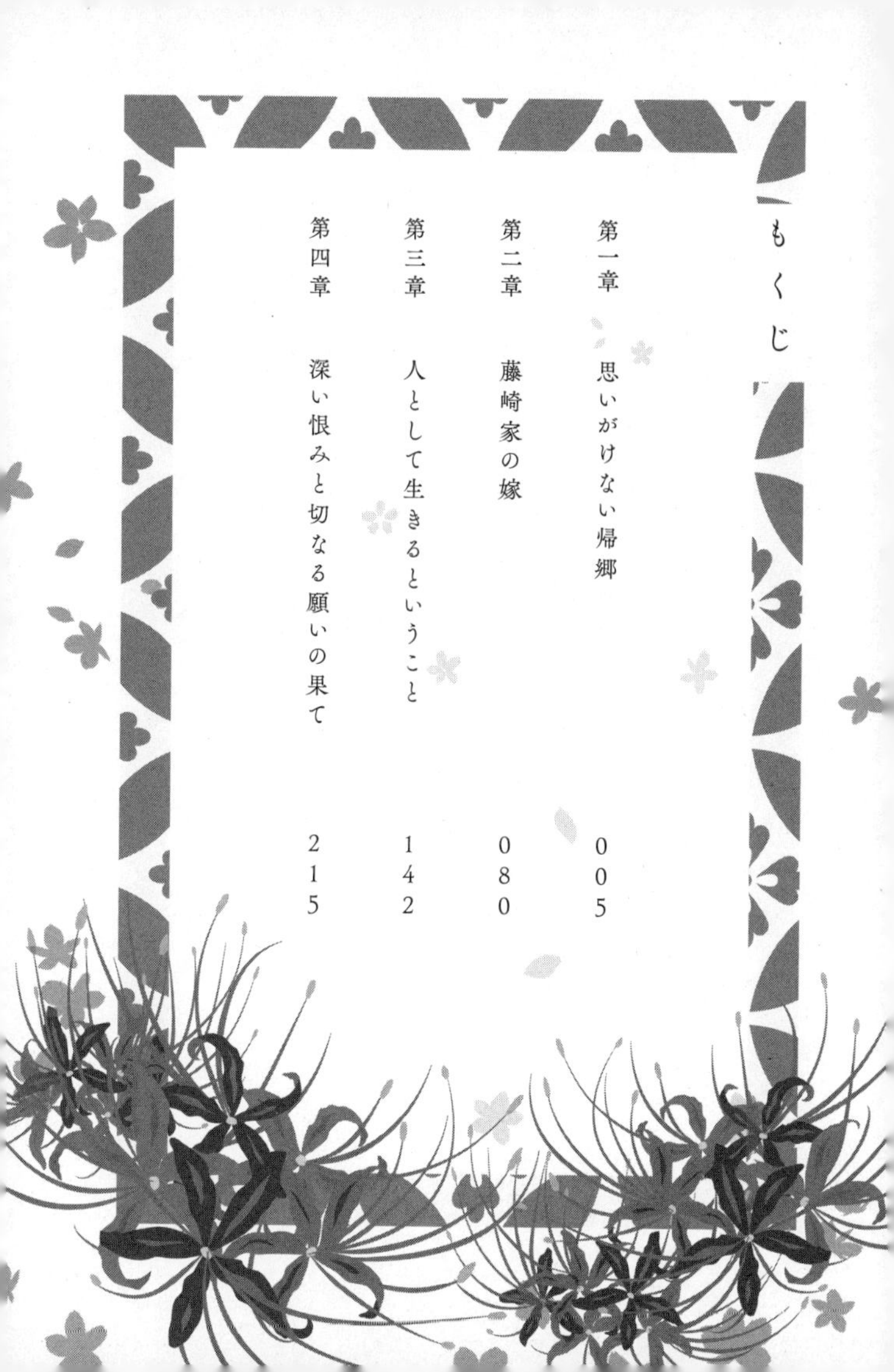

もくじ

第一章　思いがけない帰郷

その神社は大路から外れた小路の先にあって、教えてもらわないと見過ごしてしまうような場所にあった。

蘇芳神社、と教えられた名前を確かめつつ鳥居をくぐり、手水で手を清めてからまずは正面にある拝殿へと白い玉砂利を歩いていった。

朝早い時間ということもあって、神社は静謐な空気に包まれていた。緩やかな風が吹いて、神社の周囲にある木々を揺らしている。

神社と見るとなにかお願いをしてしまう、と苦笑いがこぼれる。拝殿に手を合わせて、心の中で自分の名を名乗り、住んでいる場所を告げ、この旅の無事を願った。

それからこの神社の敷地内にあるという祠を探す。縁結びの神様が祀られていると宿屋の女性に聞いてやって来たのだ。それから、その縁結びの神様に願ったことで良縁が舞い込んできた女性たちの話。ならば京へ向けてここを発つ前に、まだ見ぬ夫との縁を強く結んで欲しいと思い、立ち寄ったのだ。

「あら……きっとここね」

祠は蘇芳神社を入って右側にある、大きな木の下にあると聞いていた。そちらへと視線を転じると、木の幹の後ろに隠れるように祠があり、その横には石碑があった。この祠の由緒でも書いてあるのだろうか。

祠には、縁を結んでもらった者からの礼なのか、綺麗（きれい）な石や花が飾られていた。古い祠だったが、地元の人から大切にされているようできちんと手入れがされていた。

縁結びの祠の前に立つと、目をぎゅっと瞑（つぶ）って一心に願った。

（どうか……これから会う夫と強い縁を結べますように）

……それは藤十郎（とうじゅうろう）と出会うほんの数日前の出来事。

二年も見知らぬ家で待たされ、戻る様子がまるでない夫に会いにいく旅の途中だった。

結婚した妻に会いにも来ないなんて、どんなに無情な人だろう、出会った途端に怒鳴られて頬をぶたれて、追い返されるかもしれなかった。それでも、会いに行かなければならない。この先にあるのが更なる過酷な運命だったとしても。

せつなは強い決意と大きな不安を胸にして、その祠を後にした。

「……では、来週にでも奥沢（おくさわ）に戻るというのか？」

「ええ。私が先だってのことで負った傷もすっかり癒えましたので、ちょうどいい頃合いかと思うのです」

昼下がりの第八警邏隊の屯所、せつなは茶と茶菓子を盆に載せ、藤十郎の部屋を訪ねた。ではひと休みしようかという藤十郎の前に座し、話していた。茶菓子は近所にある茉津屋の女将から差し入れでもらったものだ。京に跋扈するあやかしを退治している第八警邏隊では、日頃の感謝の気持ちだと近隣の人達からこうして差し入れをもらうことが多い。

「そうか……」

なぜか藤十郎は鬱々とため息を吐き出した。長めの黒髪に、少々の憂いを帯びた切れ長の瞳、鼻筋がすっと通った整った顔立ち。思わず見惚れてしまうほどの美丈夫である彼は、そんな気落ちした表情をしているのもまた、さまになってしまう。

「先の事件の後処理に追われて、せつなに構っている時間がなかなか取れずに、申し訳ないとは思っていたのだ」

「そんな。藤十郎様には大切なお仕事があるのですから仕方がありません。私はお側に置いていただけるだけで、それ以上を求めるなんて、とても……」

半年ほど前までは帰らぬ夫を待ってじっと耐えていた身である。紆余曲折はあったものの、今のこの状況はせつなが切望していたものであり、求めても摑めないと思っていたものを摑むことができて、この上なく幸せな状況である。

「しかし、思えば夫婦らしいことはなにもしてやれていない。まったく不甲斐ない……わざわざ奥沢から俺を迎えにやって来た妻に、着物のひとつでも買ってやればどうだと言われてその通りだとは思ったが、結局着物どころかかんざしのひとつも買ってやれず……」

「あの……そのお心遣いはとても嬉しいのですが、なにか誤解をされていませんか？」

「……誤解だと？」

今まで俯いていた藤十郎が、はっと驚いたように顔を上げた。

「ええ、藤十郎様のご実家の奥沢には一度謝罪に帰り、すぐにまた京に戻ってくるつもりです。私は急に藤十郎様のご実家を飛び出して来て、かなりのご心配とご迷惑をかけたようですので。このまま京で暮らすにしても、直接行ってお許しを得てからにしようかと」

先に藤崎家の大番頭である柘植が京にやって来たときに、せつなが急に行方知れずになり大騒ぎになり、たまたま近くで見つかった女性の遺体がせつなのものではないかと藤崎家の一同は肝を冷やした、などということを聞いた。

柘植はせつなが藤十郎の元に居てくれたことに安堵し、そのことを報告してくれると言って奥沢に戻った。その後、丁寧な謝罪の言葉を綴った文を藤崎家に出したが、できれば直接謝罪したいと考えていた。

「……そうか、そういうことか」

藤十郎はほっとしたように息をついて、強ばっていた表情を緩めた。

「てっきり仕事仕事と飛び回っていて、妻のことを二の次にしてしまっている俺に愛想を尽かして実家に帰らせてもらうとか、そのようなことかと」

「なにをおっしゃっているのですか？　それならば帰るのは私の実家である萩原の方です。夫に愛想を尽かして夫の実家に帰るだなんて聞いたことがございません」

せつなが奇妙な顔をすると、藤十郎はぷっと噴き出した。

「それはそうだ。いやいや、このところ俺は夫としてせつなになにをしてやるべきか悩んでばかりいるから、ついついそんなふうに考えてしまうのだな」

「それは……とても嬉しいのですが」

せつなの頬はみるみる赤らんでいった。

夫を待つだけの生活から、思い切って奥沢を飛び出して、京に来てよかったとしみじみと思う。

京に来たばかりの頃、藤十郎に実家が勝手に決めた妻にすぎないと言われ、自分は一生誰とも結婚するつもりはないと拒まれていたが、今ではすっかり受け入れてくれていた。

「今帰れば年の暮れに間に合うと思うのです。年末の煤払いと正月準備のお手伝いをしたいと思います。そして正月前にはこちらへ戻って来たいです。その……正月は藤十郎様とこちらで過ごしたいので」

いくらなんでも藤十郎は正月には奥沢へ戻って来るだろう。その言葉を藤崎家で二度聞いた。

　だから来年こそは藤十郎と共に正月を過ごしたいと思うのだ。

「しかし、冬のこの時期に女性がひとりで行くのは危険ではないか？」

「京へもひとりで来たのでひとりで帰れます。それに、師走(しわす)は人の往来も多いでしょうし、いざとなったら籠(かご)を使いますし、シロもきっと付いてきてくれるでしょう」

　シロ、とは元は藤十郎の飼い犬で今はせつなの式神となった犬のことである。奥沢から京へ来るときもお供してくれた。

「できれば今年の悔いを来年に持ち越したくないのです。新年はあらたまった気持ちで迎えたいと考えまして」

　本当は藤十郎と一緒に帰りたいと思っていたが、それはとても口に出せなかった。

　京ではあやかしの動きが更に激しくなってきており、加えて、先に隊士のひとりを亡くし、故郷に戻った隊士のひとりは未(いま)だに戻らない。ただでさえ人手が足りない第八警邏隊で、主力である藤十郎が欠けるわけにはいかない。藤十郎が盆や正月に実家に帰らなかったのは、実家が勝手に決めた妻を避けていたという理由以上に、京を離れられないということが大きかったからなのだ。

「……ならば、止める理由はないが」

「まことですか？　よかったです！　もしお許しが得られなければどうしようと思ってお

りました。ずっと奥沢のことが気がかりで」

「道中は心配だが……考えてみればせつなは天狐であるのだから。あやかしはもちろん、追いはぎも辻斬りもその気になればやすやすと撃退できるであろう。……むしろ向こうが恐れて近づかないような……」

「そんな、冗談はおよしください」

そうしてふたりで顔を突き合わせて笑いあう。

こんな穏やかな時間を、せつなはとても気に入っていた。

ふたりが住まう第八警邏隊の屯所は、元は武家屋敷だったところでかなりの敷地があり、中庭も裏庭もあり、母屋の他に離れもあって、賑やかな京の街中にあるとは思えないほど広く、そして静かな場所だった。ここがあやかしが跋扈する京で、藤十郎は毎日のように命を懸けた戦いを強いられているなんて、一時忘れてしまう。

「いや、冗談はともかく。やはり女性ひとりの旅は危険だ。誰かお供として同行できる者を探そう」

「そうしてくださると心強いですが……。その、お仕事の方がお忙しいのでは？　そんな暇はないのではないですか？」

「なにを言う？　妻が無事に旅できるように手配する手間を惜しむほど、俺はろくでなしではない」

そうして優しく笑った藤十郎に、せつなは笑顔を返す。

「はい。では、よろしくお願いいたします」

せつなは畳に三つ指をついて、丁寧に頭を下げた。


「へぇ！　とうとう奥沢に帰る気になったんだね。それはよかった。後の藤十郎様のことは私に任せてもらっていいからね！」

「ですから叶枝（かなえ）さん、違います。帰ると言っても十日ほどで戻ってくる予定なのです」

夕刻近くになり、欅亭（けやきてい）の若女将である叶枝が差し入れを持ってきてくれた。

欅亭は大路にある宿屋であり、そこで余ったものを差し入れと称してときどき持って来てくれるのだ。

初めはせつなを敵視するばかりだった叶枝は、このところせっかく来たのだから茶でも、と勧めるとそれに応じてくれるくらいにはなっていた。

「十日だって？　いっそ桜が咲くまで向こうにいたらどうだい？　もうすぐ正月だ、嫁としてあれこれ手配することもあるだろうし」

「それはそうなのですが……その、私は奥沢ではあまり歓迎されておりませんで」

ついつい、そんなことを漏らしてしまった。

藤崎家では夫が不在の妻をどう扱っていいのか困っていたようで、せつなは家のことには関わらせてもらえなかった。ただ与えられた部屋に座って、長い一日を過ごすだけ。藤十郎には年末の煤払いや正月準備を手伝う、と言ったが、今回も手出しさせてくれないかもしれない。できれば用事を済ませたら、向こうの邪魔にならないうちに京へ戻りたい。

「そこを上手いことやるのが嫁としての器量ではないのかねぇ？」

叶枝は茶を飲みつつ呑気に言う。まったくその通りであると、せつなは苦笑いしか漏れない。

「そういえばあんたが着ている着物……」

不意にそんなことを言われ、自分の着物を気にする。今日着ている白色に黄色や赤や様々な色の菊の柄が入った着物は叶枝の従姉妹が着ていたお下がりであった。

藤十郎の妻として恥ずかしくないようにと、京にやって来てからいくつか着物を用意した。突然婚家を飛び出して来たために、着物を持って来る余裕などなかったからだ。用意した、とはお下がりをいただいたということであり、こうして叶枝にいただいたものもいくつかあった。

「藤十郎様に買ってもらった着物はあるのかい？」

「いえそれが……。買ってくださるとはおっしゃっているのですが、なかなかお時間がないようで」

「それはいけない。実家に帰るならばひとつかふたつ仕立ててもらったらどうだい？」

そして京がどんなに素晴らしいところか、息子を住まわせるのにこれ以上のところはないと実家の両親に伝えるように言う。叶枝の魂胆はともかく、せつなのことをいろいろと気にしてくれるのは嬉しく思うのだ。

そうしてあれこれと話していると、勝手口の戸が開く音が聞こえていた。

「ああ、佐々木さん」

叶枝は厨房にやって来た佐々木に声をかけた。外回りを終えて屯所に戻ってきたところのようだった。

「どうやらこの藤十郎様の不肖の嫁が奥沢に帰るそうだ。盛大に見送ってあげないとねえ」

叶枝は鮮やかな紅が塗られた唇を意地悪く引き上げながら言う。親愛の情からの冗談だとは思うのだが、少々言い方に棘があるのはいつものことだ。

「……そうなのか？　聞いていないが」

不審げに眉根を寄せた佐々木は第八警邏隊の副隊長であり、隊のこと、隊長である藤十郎のことで自分が知らないことがあるのが不服のようだ。

彼は背が高く、こうして座った状態で立っている彼を見上げるとまるで巨人と話しているようだ。加えて三白眼で眼力が強い彼は、黙っていると怒っているように見えてしまう。

「その、先ほど藤十郎様にお話しして、許可をいただいたばかりなのです。来週にでも奥沢に帰ろうかと。急に飛び出して来て、あちら様にご迷惑とご心配をおかけしたので、そのお詫びのために」

「なるほど。しかし、今、藤十郎様に帰られると……」

「いえ、ご安心ください。帰るのは私ひとりですので」

誤解されて不快に思われてはいけないと、せつなは慌てて声を上げた。

「そうなのか？」

「ええ。藤十郎様が京を離れられない事情は、充分承知しております」

「……それならばいいが」

そっけなく言って、佐々木は屯所の奥に入っていってしまった。

今ではせつなが藤十郎の正式な妻だと認められているからいいが、それまで彼には何度も冷たく乱暴な対応をされた。今も、藤十郎を実家に連れ帰るなんて、と怒鳴られやしないかと冷や冷やしてしまった。

「ところで来週とは急だねぇ」

「そうでしょうか？　私としては前々から考えていたことなのですが」

「急に婿の実家を飛び出して京に来て、その実家に帰るのに土産物のひとつやふたつ用意して帰るんだろう？」

「あ……それはそうです。まったく考えていませんでした」

言われてみれば手ぶらで帰るのはどうだろうと考える。お詫びの気持ちも込めて、奥沢ではなかなか手に入らない、京の特産品でも持って帰るべきだろう。

「……仕方ないねぇ、ここはこの叶枝さんが一肌脱いでやるよ」

叶枝は着物の袖(そで)をまくるような仕草をした。

「ま、まことですか？　そうしていただけるととても助かります。お土産、と言われてもそれほど京の事を知っているわけではないので、なにを買って帰ればいいのか」

まさか叶枝がそんなことを申し出てくれるとは意外だった。叶枝は藤十郎が京に居てくれないと困る、実家に帰るなんてとんでもないと言っていたのに。

「そうだねぇ。藤十郎様の側には私のような気の利く女性がいるから、安心して欲しいと実家で言ってくれればいいだけの話だよ」

「なるほど、さすが叶枝さん……」

お茶を飲みつつ感嘆のため息を漏らす。叶枝だったら、藤十郎の実家でもなにかと上手く立ち回るだろうなと考えてしまう。

「まあ、半分は冗談だけどねぇ。でも、藤十郎様は京で多くの人たちの信頼を受けて、恵まれた環境で暮らしていると思ってもらった方が向こうも安心するだろう？」

「ええ。奥沢に帰ったらくれぐれもそう言っておきます」

そして、どうか自分も藤十郎と共に京で暮らさせて欲しいとお願いしに行くのだ。

奥沢では藤十郎の帰還を心待ちにしていて……それなのに藤十郎を奥沢へ戻すために迎えた嫁が一緒に京で暮らしたいなんて申し出て、簡単に許されるとは考えられない。なかなかに頭が痛い問題であるので、せつなが選んだ土産物、よりも、藤十郎のことを頼りにしている京の人が実家の人たちのために選んだ、の方がいいだろう。

さっそく翌日に買い物へ行く約束をして……叶枝と共にこれ以上ない土産物を用意することができた。

そして更にその翌日には藤十郎と共に急な注文でも応じてくれると叶枝が教えてくれた呉服屋を訪れ、せつなにはもったいないと思えるくらいの着物を仕立ててもらった。これを着て奥沢に帰るのだと考えると、藤十郎が不在でも彼に守られていると思うことができそうで、不安が少し和らいだ。

せつなが奥沢へ行く当日。
旅をするにはとてもいい天気だった。空は雲ひとつなく晴れ渡っていて、吹く風は心地よい。歩き続けて帯びた熱を優しく冷ましてくれそうだ。
「すまない、せつな。せつなと同行する者を見つけるつもりだったのだが、この師走の時期にそのような者を探すのは難しかった」

せつなを見送るために玄関先まで出てきていた藤十郎は、そう言いながら頭を下げた。

「そ、そうなのですか……？　いえいえ、お気になさらずに。やはり私の申し出が急だったのです。もっと早くにお伝えしていれば」

むしろ藤十郎に余計な手間をかけてしまって悪かった、初めから供など断っておけばよかったと思ったくらい、だったのだが。

「なので、奥沢までは俺が一緒に行くことにした」

「え……」

急な申し出に、藤十郎がなにを言っているのか理解が追いつかず目を瞠る。

「だから、奥沢への旅に俺が同行すると言っているのだ。共に行こう」

そう微笑まれて、せつなの胸にじわじわと嬉しさの波がやって来た。

ふと見ると、せつなの横に座っていた犬のシロも嬉しそうに尻尾を振っている。藤十郎が一緒に来てくれることが、彼にも分かったのだろう。

そういえばおかしいと思ったのだ。

藤十郎は紺色の外套を身に纏い、笠を持ち、どこかへ遠出するような装束姿で大きな荷物を持っていたから。

「いえ、でも、藤十郎様がいらっしゃらないと、この京は……」

「……見損なってもらっては困るな」

そう声を上げたのは、藤十郎の斜め後ろに立っていた、副隊長の佐々木だった。

「隊長が不在の間、京を護るくらいのことは俺たちにもできる」

そう言って腕を組む姿はとても頼もしい。だが、彼らがあやかしと対峙して苦戦を強いられている姿を見たことがあるせつなは、不安になってしまう。

「そ、そのお気持ちはとても嬉しいのですが……」

「なんだ？　俺たちだけでは頼りないと？」

佐々木の射殺すような鋭い視線がせつなに飛んできた。

「……まあまあ、佐々木さん。せつなの気持ちも分からなくはありません」

ふたりを取り成すように声を上げたのは、隊士のひとりである細川であった。

「みんなで話し合ったんだ。俺たち、このまま隊長に頼りきりでいいのか、と。もしかして隊長が居るからと甘えているのではないか、と。もっと個々人の技を磨いて、隊長が不在でもあやかしたちに対応できるようにしないといけないって」

「……そうだな、俺たちが不甲斐ないばかりに、隊長の里帰りの機会を何度も奪ってしまっている。それはよくない」

不貞腐れたように言うのは同じく隊士である笹塚であった。そうは言うものの、藤十郎が京を離れることに少々不満を持っているようであった。

「実はな」

佐々木が腕を組んだままで言う。

「実家に帰ったままの隊士に、すぐに戻らないとお前の居る場所はこの京にはなくなるな、と文を書いた。その脅しが利いたのか、明日には戻る予定だ」

佐々木からそんな文をもらったら、なにを置いてでも荷物をまとめて戻ってくるだろう。その様子を思い浮かべると気の毒であり、滑稽でもあった。

「せっかくの隊士たちの気遣いある申し出だ。受けない手はないだろう？」

藤十郎は苦笑いでそう言い、せつなが持っていた荷物を持った。

「せっかくですから、久しぶりに正月もご実家で過ごしてきたらいかがですか？」

いつもせつなや他の隊士たちに厳しい佐々木も、藤十郎には滅法甘い。

「いや、そこまでは甘えられない。少し顔を出したら帰るつもりだ」

「いえいえ、もうご実家には三年近くもお戻りではないでしょう。ゆっくり骨休みをなさってきてください」

「そう言ってくれる気持ちは有り難いが、こちらにはあやかし関係以外にも片付けなければならない雑事がある。そうゆっくりしていられない」

「そんなことこそ、この佐々木にお任せください。藤十郎様の留守をお護りできる器量が我々にもあると示す機会を与えてください」

「そう、か……？」

佐々木にそこまで言われて、なおも固辞するのはよくないと考えたのだろうか。とりあえず正月は向こうで過ごすつもりだが、なにかあったらすぐに文を寄越すようにと告げた。

「では、行って来る」

藤十郎は見送りの隊士たちに手を挙げて、せつなと一緒に屯所を離れた。

そして藤十郎の一歩後ろについて京の町を歩く。師走だからか町は慌ただしく、通りすがっていく人の足取りは速い。そんな中、せつなに合わせてかゆっくりと歩いてくれる藤十郎の優しさを感じていた。

（まさか藤十郎様が一緒に帰ってくださるなんて……！　こんなに心強いことはないわ）

もちろん礼儀を欠くことはできないと自分で望んだことではあるのだが、奥沢に戻り義祖母たちに詫びるのは気が重いと思っていたせつなにとって、一気にこの帰郷が楽しいものとなった。

「……ずいぶんと楽しそうだな？」

藤十郎は振り返り、せつなの顔を覗き込みながら言う。

「嬉しさがそんなに顔に出てしまっていましたか？　恥ずかしいです」

そう言いつつも頬は緩みっぱなしであった。

こうして奥沢までの数日の旅程を、藤十郎とお供のシロと一緒に行くことになった。

奥沢までの旅程の半ば、二日目の宿を石岡（いしおか）で取ることになった。

石岡は古くからある宿場町で、町の通りには多くの旅籠（はたご）が並ぶ。夜になると丸い吊（つ）り提灯（ちょうちん）が通り沿いに淡い橙色（だいだいいろ）の路（みち）を作る様が美しく、眺めているだけでも心癒（い）やされた。

その中で選んだ鳶青屋（えんせいや）はこの町でも一番大きな旅籠で、せつなが奥沢から京に行く途中でも立ち寄った。古い旅籠だったが掃除が行き届いていて従業員たちはよく気がつく上に優しく、快適に過ごすことができた。朝餉（あさげ）に夕餉（ゆうげ）もついていたし、それがなかなかの味だったので藤十郎にそこに泊まるのがいいと勧めたのだった。彼も特に異存がないと言うので、鳶青屋の門を入って美しく整えられた生け垣がある前庭を抜け、暖簾（のれん）をくぐろうとしたところだった。

「あ……あなたもしかしてせつなちゃん？」

背後から声がかかった。振り返ると、そこにいた女性は持っていた箒（ほうき）を地面に放って、こちらへ駆けて来るところだった。

「やっぱりせつなちゃん！　無事だったんだね！」

「え……私のこと、憶（おぼ）えていてくださったんですか？」

せつなも駆け出し、女性と手を握り合って再会を喜び合った。

彼女はこの旅籠の下働きで、京に向かう途中だったせつなを気にして話しかけてくれたことがあった。ひとりで京まで行く、夫を迎えに行くのだということを話すと、とても心配してくれた。

「忘れるものかね！　京まで帰らぬ夫を迎えに行くなんて人は珍しいからね。その後夫には会えたのかと気にしていたんだよ。見たところ……前よりもずっと健康そうで肌つやもいいね。それにとてもいい着物を着ているじゃないか」

「ええ、おかげさまで」

せつなが着ているのは、先日藤十郎が仕立ててくれたものだった。朽ち葉色の地に赤い椿の柄が入った、落ち着いた風合いの着物だ。

そういえばこちらに泊まったときには、我ながら酷い顔をしていて着物も薄汚れていた。まだ見ぬ夫に会うのだと意気込んで奥沢を出たはいいが、本当にたどり着けるか、夫に会うことはできるだろうか、会えたはいいが門前払いをされるのではないだろうか、と不安ばかりだった。

「初めての京までの旅だと言うし……もしかして途中で追いはぎに会うか、山賊にでも襲われて酷い目に遭ったのではないか、そんなことならば止めておけばよかったなんて時々考えていたのさ。無事ならよかった」

女性はすっかり安堵したといった表情で、せつなの二の腕をばんばんと叩いた。

「そんなご心配をおかけしていたなんて知らずに……。ありがとうございます」

女性は気ぜわしげな視線を藤十郎の方へと投げた。

「もしかして、あれがあんたの旦那様かい？……いやいや、そんなことはないよね？　二年も実家に嫁を放っておくような不義理な男には見えないけれど」

「……。それを言われると面目なくて返す言葉もありません」

ふたりのことを見守っていた藤十郎は、こちらへと来て深々と腰を折った。

「せつなの夫で藤崎藤十郎と言います。どうやら妻が世話になったようですね」

「はっ！　いやだねぇ、そんな世話になんて……ちょっと！　なんだよこのいい男！　これが噂に聞いていた酷い夫？　まったくそんなふうには見えないじゃないか」

女性はさっとせつなの後ろに隠れてしまった。

「その……私を実家に置いていたのには事情がありまして。京に行って夫に理由を聞いて、私も納得いたしました」

「まあ、そうだろうね！　こんなに優しそうでいい男……妻をそんな酷い目に遭わせるようなことはないよ。よかったねぇ！　こんないい夫の元に嫁げて」

せつなは背中をばんばんと叩かれて、少々痛かったがそれよりも喜びのほうが勝り、しばらく興奮しきった様子の女性に叩かれるままになっていた。あの辛く寂しい旅の行く先で、藤十郎に出会えてよかったとしみじみ思う。

「それで……」

「それで……お泊まりかい？」

「ええ。部屋は空いていますか？」

「もちろんだよ！　女将に言って、一番いい部屋を用意してもらうから待っていて！」

そうして女性は再び駆けて行き……途中で自分が先ほど放り投げた箒を拾っていった。

間もなく出て来た女将もせつなたちを温かく迎えてくれて、本当にこの旅籠で一番いいのではという部屋を用意してくれた。


「明日の夕方には奥沢に到着できるでしょうか？　藤十郎様、久しぶりの故郷ですね。皆さんきっとお喜びになりますよ」

部屋に案内されてひと心地ついたところだった。せつなは火鉢にあたりながら窓際に座っていた藤十郎に話しかけた。

ふたりが居るのは二階の、二間続きになっている畳敷きの部屋だった。正面の窓からは街の通りを見下ろすことができ、視線を正面に転じると遥か遠くの山まで望むことができた。部屋に入ってすぐの部屋に座卓があり、そこには茶菓子と茶器が置いてあり、火鉢にかけたやかんには湯が沸いていた。歩き詰めだった身体が癒やされる、ほっとする雰囲気の部屋だ。

「ああ、そうだな……。そういえば実家に帰りを知らせずに来てしまったな」

「そうですね。私が戻るとは文を書きましたので、もう届いているかと思いますが。藤十郎様のご帰還はお知らせしていませんね」

きっとせつなだけの帰りだと思っていたところに藤十郎も現れたら大騒ぎになるだろうと想像する。奥沢の人たちは……そう、藤崎家の人たちだけではなく近隣に住む人たちもみんなとにかく藤十郎の帰りを心待ちにしていた。勝手に嫁など取ったから、藤十郎は実家に戻らなくなったのだ、と親戚の人たちも近隣の人もせつなを責めるくらいだった。

「知らせた方がよかったですね。きっと、町を挙げての大歓迎でしょう」

「いいよ、あまり歓迎されすぎるのは得意ではないから」

苦笑いの藤十郎は、久しぶりに故郷に帰るというのに浮かない顔だった。それを不思議に思って、せつなが更に声をかけようとしたときだった。

「……失礼いたします。夕餉のお支度をしてもよろしいでしょうか？」

襖の向こうから声がかかった。せつなが応じると、襖が開き、盆に料理を載せた女性が入ってきた。先ほどせつなたちを迎えてくれたあの女性だった。

「外は寒かったでしょう？　身体が温まる料理を用意しましたので、たんと召し上がってください」

座卓の上に次々と料理が並べられていき、それを見た途端に自分がずいぶんとお腹が空いていたことを思い出した。

「わぁっ、とても美味しそう。ありがとうございます」

歓声を上げるせつなに柔らかな視線を送りつつ、女性は配膳を続ける。

「それにしても、こうして旦那さんに会えて本当によかった。そういえば、京へ向かう前に蘇芳神社には立ち寄ったのかい？」

「ええ、もちろん」

蘇芳神社の敷地内に、縁結びの神様が祀られた祠があるのだと教えられ、この町を発つ前に立ち寄った。

「そうかい。ご利益があったようだね」

「はい」

そういえば、女性に言われるまで縁結びの祠のことを忘れていた。ここを発つ前にお礼参りをしなければならないだろう。

「……ところであの神社と祠はどういういわれが？」

せつなが問うと、女性は少々困ったような顔になった。なぜそんな表情になるのかと気になってしまう。

「蘇芳神社自体は、昔この辺りで禍があったときに犠牲になった人々を鎮魂するための神社なんだが。縁結びの祠は……実は悲恋の言い伝えがある祠なんだ」

そして女性が語りだしたのは、縁結びの祠と呼ばれるには縁遠い話だった。

かつてこの辺りの村に住んでいた男性と女性の話だという。

女性は神通力を持っており、その村の巫女として崇められていた。男性はそんな女性に密かに懸想していたが、それは許されない恋だった。巫女が結婚することは禁じられていたからだ。しかし思いを止められなかった男性は、女性を社から連れ出し、駆け落ちしようと試みたのだという。

「禁じられた恋ですか……」

「それがね、そういい話ではないんだよ。なにしろすぐに村人に見つかって、男性の方は殺されてしまったというから」

「え……そんなまさか」

「まあ、昔の話だからね。村の決まりに従えない者は処刑するような、そういう時代だったのではないかねぇ」

きっと縁結びの祠には素敵な恋物語があるのだろうと想像していたせつなは気持ちがしぼんでしまう。

「だからね、処刑される前にせめて生まれ変わったら結ばれたいと言い残したその男性のために建立された祠なんだよ」

「そうなのですか……。その後、その女性はどうなったのでしょうか？」

「さあね、そこのところは分からないが……。その男性は女性の幸せを願って果てた、とは祠の横にある石碑に書いてあるそうだ。まあ、私は字が読めないから、そう書いてあると聞いただけだけれど」

言われてみれば祠の脇には小さな石碑があった。お礼参りをするときに確かめてみようと思った。

「そんないわれの祠なんだが、なんとも気前のいい祠でねぇ。人の色恋沙汰(いろこいざた)にご利益をくれるんだよ」

「……きっと生まれ変わってその女性と結ばれたのではないですか？」

「ああ、きっとそうだろうね」

本当のところは分からないが、そんな幸せな結末だったらいいなと願う。

それから二言三言言葉を交わし、女性は若いふたりの邪魔をしては悪いから、とからかうように言って部屋を出て行った。夕餉が終わった頃に食器を下げに来てくれるそうだ。

せつなと藤十郎は向かい合わせに座って、温かな夕餉に舌鼓を打った。野菜の煮付けは薄味だったが出汁(だし)がよくしみこんでいて美味しかったし、香ばしい川魚の揚げ物はこの辺りで採れたものだろうか。旅先ということなのか、それとも疲れていたからなのか、今まで食べたもののなかで一番美味しいとまで感じた。

「考えてみれば、せつなとこうしてゆっくりと食事をとることもなかったな」

不意に藤十郎がそんなことを言い始めた。

この料理を美味しく感じるのは、藤十郎と一緒に食べているからかもしれない。

そして食事を終えて、ゆったりとした時間を過ごしていたとき、ふと藤十郎がなにか難しそうな顔をしているのに気付いて声をかけた。

「どうかなされたのですか？　京のことが気がかり、ですとか？」

「いや、京のことは佐々木たちに任せたから大丈夫だろう。ふと、故郷に心残りを思い出してね……」

「心残り……とはなんでしょうか？」

もしかして将来を誓い合った幼馴染みがいる、なんてことだったらどうしようと考えてしまった。藤十郎の実家やその周囲でそんな話を聞いたことはなかったが、もしかしてせつなのことを気遣って隠されていた事実があるのかもしれない。

固唾を呑んで藤十郎の言葉を待っていると、彼は少々物憂げな表情で語り始めた。

「実は、藤崎家が代々術師の家系だったということは知っているかな？　もう百年以上も前の話なのだが」

「はい……聞いたことはあります。ですが、あるときを境にぱったりと術師としての能力を持つ子は生まれなくなり、藤十郎様は先祖がえりのようにあやかし封じの力を持って生まれたのだとか」

「ああ。俺の弟はそんな力は持っていないから、本当に俺は特殊なんだろうね」

藤十郎はその力を使って、近隣で起こるあやかし関連の事件を解決したこともあったとは聞いていた。

「その祖先が残した遺恨が奥沢にあってね……いや、俺の代でどうしろという話ではないのだが、俺が力を持って生まれたことにはなにか意味があるような気がするのだ」

そう言いつつ、自分の手を握った藤十郎はなにか思いつめたような表情をしていて、せつなはそれ以上聞くことができなかった。奥沢には、術師として生まれてしまったがゆえの苦しみがあるのだろうか。

「いや、すまない。せっかくこうしてせつなと帰郷するというのに。ただ、久しぶりの帰郷だから緊張しているのかもしれないね」

「そうですね、お義祖母(ばあ)様にはなんと言われるか分かりませんしね」

「ああー、そうだった」

藤十郎は大袈裟(おおげさ)に言って、額に手をやった。

どうやらせつな同様、藤十郎も祖母には苦手意識を持っているようだった。

「ですが、きっと藤十郎様の帰郷を喜ぶあまり小言なんて出てこないでしょう」

「いや、どうして文も寄越(よこ)さずに急に帰って来たんだ、と怒られそうだ」

そんなことはない、と言いかけて、あの義祖母ならば言いかねないと思いなおした。

「では、一緒に怒られましょう」

「ははは、それはいい」

藤十郎は破顔し、せつなは微笑を浮かべた。こんな穏やかな時間がずっと続けばいいのに、なんて考えてしまう。

せつなは藤十郎の側につっと近寄り、その肩に自分の頭を沈めた。すると藤十郎の大きくて温かい手がせつなの頭を撫でた。

藤十郎が奥沢に帰れば、それはそれは大変な歓迎を受けることだろう。

それは分かっていたのだが、これほどまでとは思っていなかった。

その先触れは奥沢まであと一刻ほどというところまで来たときだった。

畑から農作業中だったと思われる人がこちらへとやって来た。五十代半ばほどの、赤ら顔の男性だった。彼は藤十郎の前で、目を丸くしてしばらく立ち尽くした。

「も……もしかして奥沢の藤崎家の……藤十郎坊ちゃんですかい？」

恐る恐る話しかけてきた男に、藤十郎は穏やかに微笑みながら言う。

「嫌だなあ、坊ちゃんはやめてくれよ」

「坊ちゃん……本当に坊ちゃんなんですね……」

彼は涙ながらにその場に頽折れてしまった。あまりに大袈裟な反応に、せつなは驚いてぼんやりとその様子を見ることしかできなかったのだが、藤十郎は彼の近くにしゃがみ込んで、肩にそっと手を置いた。

「ああ、そうだ。ずいぶんと留守をしてしまったが、久しぶりに戻って来たのだ」

「坊ちゃんはもう戻らないのではと、もう故郷を捨ててしまったのではないかと……」

男は顔を手で覆って、おいおいと泣き続けていた。

「悪かったね、そんなつもりはなかったのだが、そのように思わせてしまったならば申し訳なかった」

「では……我らを見捨てたわけでは……」

「見捨てたとは大袈裟だなあ。俺は別にお殿様でもなんでもないのに」

「この土地に住む者たちにとっては、藤崎家は当主様、坊ちゃんは若殿様のようなものです……我らにとって藤十郎坊ちゃんは……と、こうしてはいられない！」

男は急に息を吹き返したように立ち上がった。

「おーい、大変だぁーーー！　藤十郎坊ちゃんがお戻りになったぞ！」

彼はそう叫びながら、凄まじい速さで駆けて行ってしまった。

まるで本当に上洛していたお殿様のお戻りを民に知らせる使いのようだと、せつなは呆然と彼のことを見送ることしかできなかった。

「なんだか大袈裟だよね」

藤十郎はのんびりと言うが、今の出来事を目の当たりにしたせつなは、それも若殿様としての余裕なのかと感じてしまう。

そして使いの言葉を聞いてか、藤十郎の周りには続々と人が集まってきた。

みんな、心から藤十郎の帰還を喜んでいて、先ほどの男のように泣き出す者もいた。どれだけ藤十郎が人々に慕われているのか、分かっていたつもりであったが予想以上だ。せつなは人々の様子に目を丸くしながら藤十郎の後ろを付いて歩くことしかできなかった。

「なんだか、すごいことになったわね」

せつなは横を歩くシロにそっと話しかけた。

シロはふん、と鼻を鳴らし、誇らしげに藤十郎を見ている。もしかしてこれは藤十郎にとっては普通のことで、帰郷のたびにこのような歓迎を受けていたのだろうか。

まだ奥沢の町には着いていない。それなのにこの騒ぎとは。いつ藤崎家に戻れるのだろうと心配になってきた。

それを察したらしい藤十郎が、旅疲れている妻を連れているので、日が沈む前に家に戻りたいのだと告げると、周囲に居た人たちは自分たちが藤十郎の歩みを妨げているのだと急に慌てて、謝りはじめた。そして、どうかうちの牛に乗ってください、いいえ、荷台を馬に引かせますのでこちらに、と誰が藤十郎を速く藤崎家へと送り届けるかのちょっとした争いまで起きてしまった。

かくして藤十郎とせつなは馬車の荷台にふたり並んで座って乗り、奥沢まで送ってもらうことになった。道行く人が藤十郎に笑顔で手を振っているのに応えるように藤十郎も手を振りながら『まるで見世物みたいだなあ』と呑気に笑い、まんざらでもなさそうだった。

そうしてしばらくしてから、奥沢の町へとたどり着いた。

奥沢は田畑と森と山ばかりのこの辺りでは一番大きな町であり、街道沿いにはさまざまな店が並んでいる。呉服店、酒屋、米屋、漬物屋など。京とは比べ物にならないが、人も多く往来しており、活気のある町だ。

藤十郎は奥沢の町中ではまた大変な歓迎を受けて、なんとか日が沈む前までには藤崎家にたどり着くことができた。

藤崎家は奥沢の町外れにある、ひときわ大きなお屋敷であった。

周囲を石垣に囲まれており、屋根がついた立派な門がある。せつながこちらに嫁に来て、初めて藤崎家を見たときには圧倒されたものだった。せつなの家は華族の家柄であり、それなりの敷地もあったが、そもそもは京から離れて隠居生活をしたいという祖父が建てた屋敷だったからのんびりとした雰囲気があった。ところが藤崎家は今は商売をしているが元は代々の地主であり、この辺りを仕切っていた庄屋である。家も広く使用人の数も多い。それが家構えにも出ていた。この辺りではもちろん一番大きなお屋敷であり、高台にあったためお城のようにも見える。

せつなと藤十郎は門の前で荷馬車を下り、送ってくれた者に丁寧に礼を述べた。

そうしてすぐに藤崎家の門をくぐればいいものの、藤十郎はその場に立ち尽くし、屋敷を見上げていた。

「……どうかなさいましたか？　藤十郎様」

「いや、長く家を離れてしまったので。どう詫びていいものか今更考えてしまってね」

「そんなお詫びなどする暇もなく、歓迎の宴が始まるような気がいたしますけれど」

「そんなことは……ありそうだから困るな」

藤十郎は小さく笑いながらせつなの手を取った。

「では、行こうか」

「はい」

そうして藤崎家に久しぶりに帰還した藤十郎は、やはり想像した以上の歓迎を受けた。

「……。帰るのはお前の嫁だけだと思っていたがねぇ」

普段は藤崎家にあって一番の権力者である義祖母が、玄関まで出てくることなんてないのだ。腕を組んで仁王立ちで藤十郎のことを見下ろしていたが、その胸の内が怒りで彩られているなんてことはもちろんないだろう。

　そして、その横では大番頭の柘植を筆頭に、使用人たちが感極まったような表情でうずうずとしている。

「はい、急に帰ることになりまして。せつなに同行を許してもらい、こうして帰りました」

「そっ、そんな。私が同行を許したなんて……。そんな冗談はおやめください」

　せつなが慌てて否定すると、義祖母はこちらを一瞥してから再び藤十郎へと視線を戻した。

　義祖母の花恵はもう七十は過ぎているはずだが、足腰がしっかりしていていつもしゃんと背筋を伸ばしている。今日は紺の地に藤の花があしらわれた着物を着ていて、その年を感じさせない凛とした雰囲気を醸し出していた。さすがに髪は白髪であったが、それもほつれ髪などひとつもなく整えてあった。

「まさかお前の嫁が本当にお前を連れ戻すとは思ってもいなかったよ。顔も知らなかった嫁が、ね」

「ええ……祝言をすっぽかした件を怒ってらっしゃるのですよね？」

「謝るならばお前の嫁にだろう？」

「ええ、おっしゃる通りです。せつな、本当に申し訳なかった」

　花恵からせつなの方へと身体を向けて頭を下げる藤十郎を見て、慌てて手を振る。

「い、いえ。その件はもう謝っていただきました。改めて謝っていただく必要はありません」

せつなは花恵や柘植たち使用人の視線を気にしてしまう。なんとなく、京でのように藤十郎に対して振る舞うのはよくないような気がしたのだ。藤十郎を立てて、慎(つつ)ましい嫁としていなければならないのではないか、と。

「まあ、いい」

花恵は大きく息を吐き出した。

「よくやったね、せつな」

「いいえ……とんでもないです」

せつなは急に話を振られて驚きながら、慌てて頭を下げた。

「私こそ、急にいなくなって申し訳ありませんでした。その……大変なご心配をおかけしたようで……」

更に詫びの言葉を重ねようとしたせつなだったが、花恵はそんなものを吹き飛ばすような勢いで言う。

「そんなもの不問に決まっているだろう！　さあ、宴の準備をしなっ。とっておきの酒を出すんだ。それから、奥沢のお得意さんへ使いを。不肖の孫が帰ってきたので、今夜は宴を開くってね！」

その号令で、後ろに控えていた使用人たちはさて大仕事が始まるとばかりに襷をかけ、急な仕事を申しつけられたはずなのに嫌な顔ひとつもせず、むしろうきうきした様子で散り散りになった。

「……さあ、長旅でお疲れでしょう？　早くおあがりください」

柘植に促され、藤十郎は履物を脱いだ。その横でせつなも履物を脱いでいるうちに、自分がいかに疲れていたかを思い出した。今までの大騒ぎで忘れていたが、夕方までに着こうと今日は早朝から歩き詰めだったのだ。

「急なお帰りでしたが、お部屋はいつ帰られてもいいように整えておきました」

「長く帰らない不肖の息子の部屋など、物置にでもしてくれてよかったのに」

先導するように歩く柘植に対して、藤十郎は困ったように言う。

「なにをおっしゃいます。大切な跡取り様のお部屋をそのようにないがしろにするはずがございません」

「跡取り……そうだなあ」

せつなは藤十郎の後ろを歩きながら、彼自身は跡取りの問題についてどう考えているのだろうと疑問に思った。

（今は京での大切なお仕事があるからこちらへお戻りになるつもりはないでしょうが、ゆくゆくは、と考えてらっしゃるのかしら？　それとも、いっそのこと他の誰かにお任せするだとか……）

　こちらに滞在している間に機会があったら聞いてみようと思い、せつなは藤十郎がまっすぐ進んでいく廊下を、左へと曲がった。

「……待って、せつな。どこへ行くんだ？」

　それに気付いた藤十郎は慌てた表情を浮かべながらすぐに引き返してきた。

「いえ……私はこちらの方にお部屋をいただいておりまして」

　せつなは母屋ではなく西の離れの方に部屋をもらっていたのだ。当然、そちらに戻ろうとしていた。

　どうして夫婦一緒の部屋ではなかったかといえば、藤十郎が祝言に現れなかったからに他ならず、せつなは宙ぶらりんの状態で放っておかれていたからだ。まさか主がいない部屋に、主の妻だからと寝起きするわけにはいかない。

「そうなのか？　どうして？」

「どうして……とおっしゃられましても」

「夫婦の部屋は一緒でいいではないか。ほら、こちらへおいで」

　当然のように言われて藤十郎に手を引かれ、藤十郎の部屋へと連れて行かれた。

　藤十郎にとってはちょっとしたことかもしれないが、せつなにとっては飛び上がるほど嬉（うれ）しいことだった。

（本当に……藤十郎様と一緒にこちらに戻って来られてよかった）

今までは冷たく空虚な場所だと思っていたが、藤十郎が居るだけで火が灯ったように屋敷が明るくなり、ここに居ていいのだと感じることができた。

その夜急遽開かれることになった宴は、急遽、であるはずなのに町から多くの人が集まり、日付が変わっても人々の朗らかな声が響き続けた。

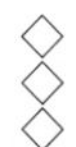

「このたび結婚いたしまして、その挨拶に参りました。こちらが、妻のせつなです」

藤十郎の斜め後方に立っていたせつなは、丁寧に腰を折った。

朝餉の席で、藤十郎に今日は近隣の人達に挨拶に行くから同行して欲しいと求められた。

部屋に戻り……この場合の部屋はせつなが元々暮らしていた西の離れにある部屋だが、簞笥の中にしまいっぱなしになっていた嫁入り道具の訪問着を引っ張り出した。せつながここを離れている間は陰干しもできずにいたので心配だったが、幸いなことに虫は食っておらず、カビなども生えておらず、このまま着ても差し支えなさそうだった。

若い女性らしい明るい雰囲気の、黄色に桃色の花柄が入った訪問着だった。使用人の女性に髪を結ってもらい、姿見の前に立つとどこからどう見ても由緒ある商家の若奥様に見えて、せつなの心は弾んだ。

「夫婦ともども、これからもよろしくお願いいたします」

せつなに続いて藤十郎も頭を下げる。

挨拶をされた組合の副会長は、こんな玄関先ではなく家の中に上がっていくようにと勧めてくれたが、藤十郎は他にも行く先があるからと丁寧に断った。正月まではこちらにいるつもりなので、改めてゆっくりと寄らせてもらうと言うと納得して解放してくれた。

そうして藤十郎と共に、近隣の御馴染(おなじ)みの家へと挨拶に回る。

もうすぐ正月なのだから、年末か年始の挨拶のときでよかったのにとも言われたが、結婚の挨拶をなにかと一緒に簡単に済ませたくはないのだと藤十郎は言ってくれて、それが自分が大切に思われていることだと感じて心が温かくなった。

「少し疲れているようだね。京から帰ったばかりだというのに無理を言って申し訳なかった」

奥沢の大通りを歩きながら、藤十郎は斜め後ろを歩くせつなを気遣うように話しかけてきた。

奥沢は京に比べるとずっと小さな町ではあるが、町をくまなく歩くと一刻ほどはかかるだろう。

藤崎家は大通りに藤屋、という屋号の店を構えていて、そこでは主に醤油を商っている。この辺りは昔から大豆の生産が盛んであり、他に醤油を商っている店はあるが、藤屋が一番の大問屋である。他に、大豆を原料とした豆腐やきな粉を商っている店も多い。

町外れにある藤崎家の近くに作業場と蔵があり、そこで作ったものを奥沢や、他の町にも卸している。藤崎家が商売を始めたのは先々代からであるが、かなり手広くやっている。

藤十郎はその次期当主として期待されているのだ。

「いいえ、大丈夫です。それより、近隣の方々に早く私を紹介したいという藤十郎様のお気持ちが嬉しいです。疲れているなどと言っていられません」

せつなはこうして藤十郎が一緒にいることをなにより有り難く感じていた。

二年前に嫁入りをして奥沢に来てからずっとせつなはひとりで、なにもかも自分でやらなければならなかった。人にどのように挨拶していいのか、なにかを言われたときにどう返せば藤崎家の嫁として相応しいか、どのように振る舞ったらいいか。相談する相手もいないせつなはそれを負担に感じていた。華族の家柄だというが、気の利いた挨拶ひとつできないと陰でこそこそ言われているのではないかと、そんなことを気にしていた。

今日は藤十郎が居てくれるので挨拶は彼がしてくれるし、家に上がるようにと言われても、彼が穏便に断ってくれる。せつながひとりでは、せっかくの好意なのだからと家に上がり、そして今日中に挨拶すべき家を回りきれなくなっていただろう。

「うん、疲れたなんて言っていられない、ということは疲れているんだね？　一旦家でひと休みしようか？」

「いいえ、本当に大丈夫なのです。それにこうして藤十郎様が育った町を、藤十郎様と一緒に歩けるのが嬉しいのです。それから、藤十郎様と懇意にされている方々に紹介してくださるのも嬉しいです」

「それならばいいけれど。でも無理はしないように」

　ああ、こうして妻のことを気にしてくれる夫が世の中にどのくらいいるだろうかと考えてしまう。夫は一家の大黒柱として立っていなくてはならず、そのせいか妻が逆らうことなど許されない、意見することもできない、ときには妻に暴力をふるうこともあるという。むしろその方が普通で、妻は夫に従っていればいいというご時世であるのだが、せつなは藤十郎のような優しい夫の方がずっといいなと思うのだ。

「さあ、これでひと通り挨拶は済んだな。では、帰るか」

　藤十郎はそう言って藤崎家へと足を向けようとしたのだが。

「あの……今ご挨拶して回ったのは、恐らく藤崎家のご縁のある方々でしょう？」

「ああ、そうだよ」

「藤十郎様の、ご友人や幼馴染みの方にはご挨拶をしなくていいのでしょうか？　まだ日が沈むには時間がありますし」

そう言うせつなを見て藤十郎は首を傾げた。

「友人……そうだな。ちょっと顔を見ておきたい者はいる。行ってみるか」

そうして足を向けたのは、町外れにある左官屋だった。

「ああ、お前はいないのにお前の嫁さんが寂しそうに歩いている姿を何度か見かけたから、どうなるものかと思っていたよ」

左官の仕事をしているという彼は藤十郎と同じ年で、幼い頃からの顔なじみとのことだった。

「俺の妻なのだ、話しかけてくれたらよかったのに」

苦笑いの藤十郎に対して、彼は腕を組みつつ真面目ぶった表情で語る。

「男の俺が話しかけるのも躊躇われてな。変な噂が立ったらいけない。嫁さんに話しかけてみたら、と勧めてみたんだが、まさか藤崎家の若奥様に自分みたいな者が話しかけるなんて、と遠慮していた。しかも華族のお姫様だというではないか。俺たちは遠巻きに見つめることが精一杯だったよ」

そうしてせつなの方へと視線を向けて、微笑んでくれた。今までと違う親愛の情を感じる。藤十郎の妻だと認められた、からなのだろうか。いや、きっと以前からせつなを心配してくれている人もいたのだ。それを全て自分を責めているような視線に感じてしまった。

それほど、藤十郎が不在の奥沢では余裕がなかった。

「まあ、こうして藤十郎様が自分の妻だと、よろしく頼むと挨拶をして回っているんだ。町の奴らの態度も変わるだろう」

「あの……どうかよろしくお願いします」

せつなはおずおずと頭を下げた。

「ええ、こちらこそよろしくお願いいたします……というか、思ったよりも話しやすそうな方だったのだな」

「そうだな。せつなは華族の出ではあるが、偉ぶったようなところも堅苦しいところもない、素直で優しい妻だ」

「なんだ、のろけか？」

彼は藤十郎の腕を自分の肘でつついた。

それから、ふたりはこの町のことや、昔馴染みのことなどを話し込んでいた。せつなには分からない話が多かったが、昔の藤十郎の話を聞くのは楽しかった。またこの町に起こっている問題など、せつなが知らないことを知れたのも収穫だと思えた。

「ところで、右京のことだが」

「右京……白凰神社に入ったと聞いたな。あの右京がまさか神職を目指すとは意外だった。子供の頃は商船を買って手広く商売をして、実家を藤崎家よりも大きくしてやる、なんて言っていたのに」

「……いや、それは少し違うな。まさか藤崎家の坊ちゃんに手を上げるとは、と責められて、両親に無理やり神社に入れられたというのが本当のところのようだ」

話を聞くと、どうやらその右京という人物はかなりの乱暴者で手がつけられない者だったようだ。一度だけ、藤十郎と取っ組み合いの喧嘩をしたことがあり、そのときに藤十郎は腕を折ってしまったとのことだった。藤十郎の方はよくよく考えて、ようやく思い出したということのようだが、先方にとってはそうではなかったようだ。

「まさか、そんなことで無理に神社にやられるなどと……知らなかった」

「そうだな、もしかして藤崎家の顔色を窺ってということもあったのかもしれない」

藤十郎はこちらでは特別な存在であったようだ。それを知った藤十郎は、寂しげな表情を浮かべた。

「右京は俺を恨んでいるだろうか……」

「さあな。たまに町の方に下りてくることはあるが、神職相手にあまり親しく話すことも憚られてな。ああ、なぜそんなことを話したかといえば、お前が当主となったらそういうことはなくなればいいなということを言いたかったのだ。とうとう京から帰って、こちらに腰を落ち着かせるつもりなんだろう？」

「それは……あまり大っぴらに話せないのだが、実はまだ決めかねていてね」

町の有力者たちには笑って誤魔化していたことだったが、藤十郎は彼のことをよほど信頼しているようだ、そんなことまで話し始めた。

「まあ、京の方で仕事をしているという話は聞いているが、それはそんなに大切な仕事なのか？　奥沢のことよりも？」

「そう言われると弱いのだが……。だがしばらくは俺が必要とされる事態が続きそうなのだ。もちろん、こちらのことは気がかりではあるのだが、代わりがいないわけではない」

「亨一坊ちゃんのことか？」

「ああ、そうだ。亨一が跡取りとなってくれたら一番いい」

亨一、とは藤十郎の弟のことである。

藤十郎に似て、というべきなのか優しい性格で、藤十郎が不在の間、せつなのこともなにかと気にしてくれているようだった。ようだった、というのは、彼はあまり積極的に人と関わる性格ではなく、口数も多くなく、一見なにを考えているか分からないところがあるからだ。

「それは難しいのではないか？　なにしろ大奥様が許さないだろう。奥様もいい顔をしないだろうし。妾の子を当主に、など」

亨一は藤十郎とは母が違う。藤十郎の父が妾に産ませた子供であるのだ。

とはいえ、藤崎家の血を引いており、藤十郎の祖母とも血が繋がっている。藤十郎の母に気を遣っているのではないか、とは、せつなが藤崎家で暮らして思っていたところだ。

なにしろ、嫁入りして少し経つまで亨一が藤十郎の弟とは知らなかったくらいだ。そのような紹介はなかったので、従兄弟かなにかかと思い込んでいた。

「それに、亨一坊ちゃんはあまり人付き合いが得意な方ではないだろう。藤崎家の当主となると方々との調整が必要となるが」

「そうだな、そういうところは番頭や従者が支えてくれればいいと思っているのだが」

「大奥様が認めなければ、使用人たちも認めないだろう」

「逆に、祖母が亨一を跡取りとして認めてくれれば問題はないのだが……まあ、そう簡単に運ばないとは知っている、戯言だ。聞き流してくれ」

それからしばらく話して、こちらに居るうちに酒でも酌み交わそうと約束をして彼と別れた。

「挨拶するべきところは全て回った。もう帰ろうか」

藤崎家を出てきたときには太陽が高いところに昇っていたのに、もう日が翳ってきていた。ふたりは町の賑やかな通りを過ぎて、藤崎家へと向かう林の間のあぜ道を歩いていた。風が木々を揺らし、襟や袖から冷え切った空気が入ってくる。

「では……あの、ひとつ立ち寄りたいところがあるのですが、よろしいでしょうか？　ここからすぐ近くなのですが」

「ああ、もちろん。どこへ？」

「あの、白島神社へ。実はどうか藤十郎様が早くこちらにお戻りになりますように、と願掛けをしておりましたので、そのお礼参りに行きたいのです」

なかなか戻らない夫のことを思って、お百度参りをしたこともあった。それも指先が凍りつきそうな寒い冬の日に。自分が辛いことをすればそれだけ神様の目に留まりやすく、自分の願いを叶えてくれるだろうなんて思っていた。

「それは……ずいぶんと俺は罪深いことをしていたものだ」

「いいえ、もしあてつけのように聞こえたのならば申し訳ありません。そのようなつもりはないのです。ただ、藤十郎様とこちらに戻れたことを報告に行きたいのです。白島神社の神様もずいぶんと心配していたと思うので、無事に戻りましたと言いに」

白島神社は藤崎家へ向かうのに左に曲がるところをまっすぐ進んだ先にあった。低い山の中腹ほどに位置し、百段の階段を上がった先にある。

「それにしてもせつなは、方々の神社に俺とのことを祈念していたようだな」

それは旅の途中で立ち寄った石岡の蘇芳神社のことを言っているのだろう。

「ええ、そうかもしれません。そもそも神社という場所が好きなのかも知れません。他の場所からは切り取られた荘厳な雰囲気が漂っているような気がして」

「なるほど」

ふたりは白島神社へ向けて歩きながら、なんともなしにそんな話をしていた。

奥沢はあまり積雪がある地方ではないので、降っても根雪になるようなことはない。冬の寒さも盆地である京の方が厳しいくらいである。それでも師走ともなると昼の時間は吐く息が凍る、まではいかなかったが木枯らしが身に染みる。

ひとりではきっと早足になってしまっていたが、ふたりだとゆっくりと歩きたくなる。

「実は白島神社の本社があるのは知っている？　白凰神社というのだが」

「そういえばそのような話を聞いたことがあるような気がいたします。先ほどお話していた、右京さんという方がいらっしゃる神社のことですよね？」

藤崎家では嫁でありながらお客のような扱いだったせつなはその辺りの事情をよく知らなかった。だが、本社の方にお札を授かりにいかなくてはならない、とのような会話を聞いたことがあった。はて、本社とはなにかとは思ったのだが、聞ける相手がいなかった。

「白凰神社は湊山の奥深くにある。普段は人が近寄れない場所だ」

そうして藤十郎は左手にある山を指差した。

そういえば、向こうへは近づかないようにと言われたことがあった。その理由については教えてもらえなかったのだが。

「はい、湊山は禁足地だから近づかないようにと言われました。もしかして白凰神社があるから、なのでしょうか？」

「この辺りに住む者は、子供の頃から湊山の方へは決して行ってはいけないと言い含められている。禁を破ると恐ろしいあやかしに攫われて二度と家には戻れなくなる、と。それは子供を脅かすための嘘だとは思うけれど」

幼い頃の藤十郎はそれを聞いて怯えていたのだろうか。幼い頃の彼がこの奥沢でどう育ったのかと気になってきた。

(藤十郎様のお義母様にそんなお話を伺えればいいのに)

藤十郎の母である由里は病弱で、部屋で寝ていることがほとんどである。祝言のときや正月の宴などには出てきたが、そういえば昨夜も姿がなかった。相変わらず体調が優れないのだろうか。そんな由里に、幼い頃の藤十郎の話を聞くなんて難しいだろうなと考えてしまった。

「白凰神社はかなり大きな神社で、何十人という人がそこで修行している古く由緒ある神社なのだ。そして、白凰神社はうちに縁のある神社でね」

「ええ、お正月の飾りを白凰神社から授かりに行かなければ、というお話を耳にしたことがあります」

「きっと今年は亨一夫婦が行ってくれる。代々、当主以外の親戚筋の者が行くことになっていてね」

それは大変な役目だと思うが、信頼を受けているから与えられる仕事なのだろう。

「旅の途中で、奥沢には心残りがあると言ったが、実はそれは白凰神社のことなのだ」

藤十郎はそこで一旦(いったん)言葉を句切り、湊山の方へと視線を向けた。

「白凰神社の奥にはあやかしが封じられている」

「え……？　それは今もですか？」

「ああ。今から数百年前、まだ藤崎家が術師の家系だった頃、凄(すさ)まじいあやかし祓(ばら)いの力を持っていたはずの先祖が、あまりに凶暴で、また力が強かったために祓うことができずに、辛(かろ)うじて封じることができたというあやかしだ」

「……もしかして、そのあやかしの封印がもうすぐ解けてしまうですとか、そういうことでしょうか？」

せつなももちろんあやかしの力を持っているが、この周辺でそんな力は感じなかった。

「いや、違う。強い力で封じられているので、あと数百年は封印が解けることはないと聞いている。あやかしを封じた祖先の目論(もくろ)みは、長い時間封じておくことで徐々にあやかしの力を弱まらせ、充分に弱ったところでその時代の術師に祓わせようということのようだったのだが……」

「藤崎家では術師が生まれなくなってしまった……」

「ああ、そこで久しぶりに生まれたのが俺だ。もしかして、俺がそのあやかしを祓う責務を負っているのかもしれない、と考えていた」

藤十郎は彼の祖父にその話を聞いたことがあるのだという。藤崎家では代々、その話を子孫に伝えることになっていた。

もしかして藤十郎の代で祓うべきあやかしかもしれないし、もっと時を待つべきかもしれないと祖父は語ったのだという。

「だが、俺が祓えるものならば祓ってやりたいと考えている。ずっと封じられ続けているあやかしが気の毒だと思ってね。ほとんど意識はなく眠っているような状態であるのだが……それにしても身動きができずに自分の自由にできない状態はいいとは思えない。俺は……最後に実家を訪れた三年前よりも強いあやかし祓いの能力を得ただろうとは思っている。もしかしたら今ならなんとかしてやれるだろうか、と考えたのだ」

「そうでしたか……」

「そのあやかしを祓うことではなく、封じられている間に心を入れ替え、人に危害を与えないようなあやかしになってくれていたらと考えてしまうが……難しいだろうな。今回の帰郷で、できればそのあやかしを封じている白凰神社の宮司に様子を聞きに行くくらいはしたいと考えている」

あやかしと人間の間に生まれたという特殊な事情を持つせつなを妻として認めてくれるような人なのだ。彼の仕事は第八警邏隊の隊長としてあやかしを祓うことであるが、あやかしが憎くてその仕事をしているのではない。あやかしと人との共生を願っている。

「藤十郎様はお優しいのですね」

「……どうかな？　なにしろまだ見ぬ妻を故郷に二年も放っていたくらいだからね」

今まで厳しい表情であやかしのことを語っていた藤十郎がふと微笑んだ。

「もうっ、それは言わないでください」

そんなことを話しているとき、ちょうど白島神社の石段前にたどり着いた。

前を歩いていた藤十郎は自然にせつなへと手を差し出してきて、せつなが遠慮がちに自分の手をのせると、その手を引くように石段を上がっていった。疲れているだろうせつなを気遣っているようなその行為に、嬉しいと共に気恥ずかしさを感じて俯きながら石段を一歩一歩踏みしめるように上がっていった。

「佐々木たちは正月をこちらで過ごしたらと言ってくれていたが、実はできるだけ早く京へ戻るつもりでいた」

「ええ、京のことがご心配なのでしょう？　分かります……」

「しかし、やはりその言葉に甘えて正月はこちらで過ごすようにしよう。せつなと一緒にこちらで正月を迎えて、そして一緒に白島神社に初詣に来たいと思った」

「ええっ、ぜひそうしたいです」

ついつい興奮した声を出してしまったのは、せつなが以前にそう願いながらこの石段を上がったことがあったからだ。

いつか夫が帰って来たら、一緒に初詣に来られるように、と。

「これからは、正月のたびにできるだけこちらへ戻って来るようにしよう。……京での任務の忙しさにすっかり忘れていたが、こちらでも俺を待っている人がいる。跡取り問題は頭が痛いが、それで家族や奥沢に住む人達を避けるのは愚かだろう」

「そうですね。早く京でのあやかしの動きが沈静化して、藤十郎様が安心してこちらに戻れるようになればいいですね」

「そうだね」

ふと上げた視線の先には淡く微笑む藤十郎の表情があって。この石段がずっと続けばいいのになんて考えてしまった。

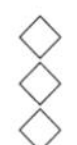

藤崎家に戻ってきてから三日目のこと。
今日は朝から藤十郎の祖母である花恵に呼び出されていた。明日、朝餉(あさげ)を終えたらひとりで自分の部屋に来るように、と昨日の夕餉(ゆうげ)前に言われた。そのときから、なにがあるのかと戦々恐々で、昨夜はあまり眠れなかった。
花恵の部屋は藤崎家の母屋の東側にあった。中庭を挟んで向こうに藤十郎の部屋があり、そこから右手に中庭に咲く寒牡丹(かんぼたん)を見ながら廊下を進み、花恵の部屋の前に来ると襖(ふすま)の前に座り、そっと声を掛けた。

「せつなです」

「ああ、待っていたよ。お入り」

そう言われて襖に手を掛けてゆっくりと開けて、室内へと入った。

花恵の部屋にはいつも微かに鼻に抜けるような香りが漂っている。彼女は香が好きで渡来製の香をよく焚いているのだ。

花恵はまるで待ち構えていたように水仙が描かれた掛け軸を背にして座布団に座り、せつなにその正面に座るようにと促した。

「まずは、よくもまあ、藤十郎を連れて京から戻って来たものだ。よくやったね」

「あ、ありがとうございます」

花恵の声が弾んだものだったので、せつなは安堵しつつも声を上ずらせながらそう答えた。花恵の前ではいつも緊張してしまって、上手く話せないことが多い。

「あんたが急に消えたときにはどうしたものかと思ったが」

「それは……先にもお詫び申し上げましたが、本当にすみませんでした。考えが至らずに……。ただ、戻って来ないならば迎えに行けばいいと短絡的に考えてしまいまして」

「それならば話してくれればよかった。嫁に迎えに行かせるとはなかなかいい手だ。そうすれば供もつけて、金子も用意して、ひとりでいくよりも安全に快適に京に行かせてやったのに」

「そうでしたか」

叱咤（しった）されるとばかり思っていたが、どうやら京へ藤十郎を迎えに行ったこと自体は悪くないと思われていたようだ。てっきり、そんな無謀なことをするなんて藤崎家の嫁として相応（ふさわ）しくない、はしたない、と幻滅されていると思っていた。

「それで、あんたは見事に藤十郎を連れて戻ってきた」

「はい……」

「問題はこれから先のことだよ」

そして花恵は畳をぽん、と叩（たた）いた。

「藤十郎は正月を過ごしたら京に帰るなんて言っているが、それはできないよ」

そう断言されたことにせつなは衝撃を受けて、上手く反応できずにぼんやりと花恵の顔を見返してしまった。

「二年以上も戻って来なかったんだ。また京に行ったら今度はいつ戻るか分からない」

「あの……藤十郎様はこれからは毎年正月には戻ると言っておりましたが」

「藤十郎の家はここなんだ。それを正月だけ戻るとは……まったく、やはり初めから京になんてやるのではなかったね！」

その荒れた口調に、せつなは言うべきことを間違えたかと焦ってしまう。藤十郎に妻と認められても、義祖母への苦手意識は変わらない。

「藤十郎にはこのまま奥沢に留（とど）まってもらう。藤崎家の当主としてあれこれ覚えてもらわないと困るからね」

「お言葉ですが……京には仕掛かりのことがあれこれとあるのです。それを全て放って戻らない、というのはいくらなんでも乱暴では……」

「あんたは京に藤十郎を迎えに行ったんだろう？」

根の国の底から響いてくるような低い声でそう言われ、背中を悪寒が駆け上っていく。

「それなのにどうして藤十郎を京に戻したがるんだい？　おかしいじゃないか」

花恵にぐっと迫られ、せつなは力なく俯いて、できればこのまま辞去したい気持ちだったが、藤十郎のためにもここで引いてはいけないと勇気を出した。

「わっ、私は藤十郎様に嫁いだのです。夫の意に沿うように、支えるのが妻としての務めで……」

「違うね、あんたは藤崎家に嫁いだんだ。藤崎家のために働いてもらわないと困る」

その強硬な言い方に二の句が継げなくなる。ぐっと手を握るが、その手は震えて力が入らない。

「確かに……おっしゃる通りですが」

「だろう？　あんたを嫁に取ると決めたのは誰だと思っているんだい？　私と、藤十郎の両親だ。あんたには自分の立場というものを理解してもらわないと困る」

藤崎家に嫁ぎ、藤十郎に妻として認められて。今まで八方を壁に囲まれたような状態からぱあっと広い場所へと抜け出したように感じていたが、また壁に囲まれていくような感覚に襲われた。

「藤十郎はもう二度と京へは帰さない。このまま奥沢に留める。これは藤崎家の意向であり、逆らうことは許されない」

「……。はい」

せつなは神妙な面持ちで頷いた。

「……でもまあ、そこまで私が強い態度に出たらいくら藤十郎でも臍を曲げるだろう」

花恵はふうっと息を吐いて、ふと中庭の方を見た。

「だからね、あんたを使うことにしたんだ」

「それは……どういうことでしょう？」

「どうやら藤十郎はあんたにベタ惚れのようだ」

「ベタ……惚れ」

思いがけない言葉を思いがけない人から聞いて、せつなは思わず赤面してしまう。

「あんたがこちらに留まりたいと言えば藤十郎も考えるだろう。藤十郎には昨夜、どれだけあんたがこちらで肩身の狭い思いをしてきたかたっぷりと聞かせたからねえ。まさか、あんたを置いて京に戻るとは言わないだろう」

「いえ、藤十郎様には京に大切なお仕事があるのです。私のためにそんな……」

「謙遜することはない。藤十郎はあんたを二年も放っておいたという負い目があるしね、あんたの頼みならばなんでも聞くだろう」

果たしてそうだろうかと考えてしまう。

ただ、せつなを大切に思ってくれていることは確かだろう。今回も、せつなだけ奥沢に戻ると言っていたのに一緒に来てくれることになった。

（……藤崎家の長男として生まれたからには家を継ぐ義務がある……のでしょうけれど）

しかし、実はせつなは別の人物からも頼まれごとをしていた。

それは第八警邏隊の副隊長である佐々木からで、実家で藤十郎の仕事を理解してもらって、京に住まうことを許すように説得して欲しいというものだった。

佐々木に言われたときにはせつなもそのつもりだったが。

（そんなこととても言い出せない……）

せつなは膝に置いた手をぎゅっと握った。

「どうだい？　もちろんやってくれるだろう？」

花恵は身体を乗り出し、せつなの手を無理やりに取った。

そして花恵の必死の目を見て、頼られている、と感じ、それを嬉しく思ってしまったのだ。今まで藤崎家ではお荷物扱いで、信頼を得ていると感じることはただの一度もない。

「折を見て……藤十郎様にはお話ししてみたいとは思いますが」

「なんだよ、煮え切らない返答だねぇ」

「すみません……。ですが藤十郎様はああ見えて頑固なところがあります。そしてとても頭がよく、察しもいい。私が急にもう京には戻らない、と言ったら、きっとお義祖母様の差し金だと気付いてしまうでしょう。そうしたら……」

「確かに、それはあまり歓迎したくない事態だねぇ」

「私も藤十郎様に無理強いはできません。できるだけのことは、したいと思いますが」

「ああ、そうかい」

花恵は急に興が冷めたように言い、せつなの手を放した。

「まあ、いいさ。こちらの用件は話した。あとはあんた次第だ」

花恵は立ち上がり、襖を開けた。出て行け、ということだろう。

せつなはのろのろと立ち上がって花恵の部屋を後にした。

なにもかも上手くいっていると思っていたが、やはりそうはいかないようだ。

(私が嫁としてちゃんと認められたら、お義祖母様は私の話を聞いてくれるようになるかしら?)

藤十郎と共に藤崎家に帰り、せつなは藤十郎の嫁となったが、それと藤崎家に嫁として受け入れられるということはまた別の話のような気がする。

義祖母に認められるためにはどうしたらいいのか。

今のせつなには見当もつかなかった。まさかこんなことを藤十郎に相談するわけにもいかない。

(誰か相談できる相手は……心当たりはあるけれど、きっとご迷惑だわ。あまりお話もしたことがない方だし)

せつなは大きくため息を吐き出した。

「あの……急に不躾なお願いだとは承知しております。ですが、お義祖母様に藤崎家の嫁として認められるためには、どうしたらいいのでしょうか?」

そう急に言われた藤十郎の母親、由里はとても奇妙な顔をせつなに向けてきた。

ここは由里の部屋で、由里は上半身を起こして布団に入ったまま、せつなはその横に座って話をしていた。

由里は病弱で、体調が優れないときは会うことができない。由里の部屋は母屋から一番離れた北の対屋にある。母屋の騒ぎや慌ただしさが届かない静かな部屋で、由里はゆっくりと暮らしている。

昨日のうちに由里付きの女中に面会を申し入れたのだが、難しいとの返事だった。それが今日になって体調がよくなったから、会ってもいいと言ってくれたのだ。これ幸いと由里の部屋にやって来たせつなは、帰郷の挨拶をした後、相談事を持ちかけた。

由里は白い単姿で、髪をひとつに結んで、顔色はやはりいいとは言えない。

「お義母様に嫁として認められるためには？　せつなさんは藤崎家の嫁でしょう？」

「あの……そういうことではなく。正式に嫁として認められる、ということです。たとえばお義祖母様になにか意見できるようになるには……」

「そういう意味では……私もまだお義母様に藤崎家の嫁として認められていない気がするわ」

由里は淡く微笑んだ。さすがにそのようなことはないだろうとせつなは思うが、由里もなにか思うところがあるのだろう。

「もしかして、お義母様になにか言われたの……？」

「はい。それで、私はもっとしっかりしないといけないと思いまして」

本当は藤十郎が京でどんなに人々に必要とされているか、しばらく京に住まうことを許して欲しいと言わなければいけなかったのに、そんな言葉は封じられたように口から出てこなかった。

「お義母様は藤崎家のことを護(まも)ることがなにより大事な方だから、少々厳しいことも言うかもしれないわね。特に今は夫が不在で、お義母様が当主のようなものだから余計に」

藤十郎の父は商売の関係でひと月前に出掛けたまま戻っていない。正月には帰るということだ。

「なにも慌ててお義母様に認められようと思うことはないわ。今は藤崎家での暮らし方だとかしきたりだとか、そのようなことに徐々に慣れていけばいい時期だと思うの」

「それはそうかもしれませんが。私は嫁いできてからそろそろ三年が経とうとしておりますし」

「三年……そうよね。それというのも藤十郎が」

そう言いかけて由里は軽く咳(せ)き込んだ。

由里は起きているよりも寝ていることが多い。嫁いできた家のためになにもできないと気に病んでいるようで、同じような状況のせつなを気に掛けてくれていたようだった。

ただ、なにかがあったときに病に障ってはいけないとすぐに相談することはできない。

藤十郎を迎えに京まで行ったときも、もしかしたら由里に相談できていたらもっと穏便に事が運んだかもと思う一方で、彼女に負担になるようなことはできないという思いもある。

「私がもっと強かったら、せつなさんのことも庇(かば)ってあげられたのに」

由里は俯(うつむ)きがちで言う。

「ご病気なのだから、仕方がないですよ」

　由里は藤十郎を産んでから、ただでさえ病気がちだったのが更に体調を崩して、ときには生死の境を彷徨(さまよ)うような高熱を出すこともあったという。とてもふたり目を望める身体ではない、だからこそ、藤十郎になにかあったときのことを考えて妾(めかけ)の子である亨一を引き取ったとも聞いた。

「あなたがこの家を飛び出して京へ行ったのも……並々ならぬ思いがあったからでしょう。そんなことにまるで気付けなくて……と言いたいところだけれど、本当は薄々勘付いていたの。あなたがどんなに肩身が狭い思いをしているか」

「そうでしたか……」

「でも、結局なにもしてあげられなくて。京で藤十郎と一緒に居るという知らせを受けたときには心から安堵(あんど)したのよ。それから、藤十郎をこうして連れて帰って来てくれて。せつなさんには感謝しかないわ」

　微笑んだ由里を見て、しかしそんな心配をしてくれているならば、こちらにひとりでいるときにそう言ってくれていたならばと考えてしまう。由里は身体が弱くて、伏せっていることが多くて人と話すこともままならないことがある、とは分かっているが、それでもひと言かけてくれるだけで違っていた。少なくとも藤崎家にひとりは味方が居るのだと、思うことができていたのに。

（でも……それももしかして私の思い込みのせいなのかも）

　せつなはゆるく微笑んだ。ならばもっと気にかけてくれていると言ってくれたら、なんて、由里を責めることなんてできるはずがない。

「私はなにもできなくて申し訳ないけれど……でもせつなさんがお義母様に認められたいと思う気持ちは嬉しいわ。藤崎家に馴染もうとしてくれていることだものね」

　そう言う由里は、恐らく義祖母と同じように藤十郎に京へはもう戻らずにここに残ってもらいたいのだろう。そう考えると、義祖母に京に住まうことを許してもらうために話を聞いていることに後ろめたさを感じてしまう。

「お義母様はきっと、ご自身と同じように主人が留守となっても家の一切を取り仕切れるようなお嫁さんを望んでいると思うわ」

　そういえば、どうせならば華族の娘などではなくもっと器量良しで、働き者の女性を嫁にもらった方がよかったと義祖母と大番頭の柘植が話しているのを聞いたことがあった。

「そうね、家のことを積極的にお手伝いしたらいいかもしれないわね。今は年末の煤払いとお正月の準備で忙しいから、人手はいくらあっても困らないと思うわ。私はこのとおり、なかなか動くことができないから」

　由里がこの部屋から出ることは滅多にない。食事は全て部屋で済ませているようだし、誰か親戚がやって来たときには、体調がよいときだけ顔を出すくらいだ。

「私の代わりにせつなさんが家のあれこれをやってくれると助かるわ」

そうは言われても、果たして手伝わせてくれるかと不安だった。だが、もうお客様のような扱いをされるような状況ではない。役には立てないかもしれないが、それでも手伝わせて欲しいとお願いしてみよう。

「はい、分かりました」

「それから……改めて藤十郎のことをお願いするわね」

「はい、もちろんです。こちらこそよろしくお願いします」

せつなは正座のままで身体ひとつ分ほど後ろに下がり、深々と頭を下げた。

「ああ……なんだってこんな時期に帰って来たんだろう、正月準備で忙しいっていうのに。しかもふたり揃ってだなんて。知らせくらい寄越すべきではない？」
白凰神社へ向かう、鬱蒼と木々が生い茂った山道の途中だった。
奈緒は先を歩く亨一の背中に話しかけるが、彼は振り向きもせず、黙々と歩き続けていた。
湊山の奥深くにある白凰神社まで新年に神棚に納めるお札を授けてもらうために、夫婦で出掛けていた。

朝餉(あさげ)を取ってから家を出て、白凰神社に着くのは昼前くらい、それから藤崎家に帰るのは日が傾きかけた頃だ。奈緒が山歩きに慣れていないということもあったが、往復で半日はかかる。

白凰神社までの道は、神社の者がたまに町へ下りてくるときに整えてくれていたが、それでも女性の足で歩くのは厳しい。ぼんやりと歩いていると足を踏み外して転げ落ちる、なんてことにもなってしまう。

「もう二年も戻って来なかったんだ。もう戻らないものだと思っていたのに」

それがあの女が余計な事をして、とは口に出さなかった。そこまで言ってしまえば、いくら優しい亨一であっても怒るであろうからだ。

「なにを言っているんだ？　よかったではないか、兄さんが戻ってきて。このまま兄さんが当主の座におさまってくれれば、藤崎家は安泰だ」

亨一は振り向きもせずに言う。

藤十郎がこのまま戻らなければ、その弟である亨一が藤崎家の当主となっただろう。

亨一の元へと嫁いできて一年半ほど。婚姻の仲介役の夫婦には、どうやら次期当主と目される長男は京に働きに出ていて戻らず、このまま順当に行けば次男が家を継ぐということになると言い、ならば、と奈緒の両親と奈緒はこの婚姻を受け入れたのだ。

ところが嫁いで来たらまるで事情は違っていた。

亨一は妾の子であり、次男という立場ではあるが親戚の中には亨一の存在を快く思わない者もいて、このまま跡継ぎにというわけにはいかない状況であった。なにより、この藤崎家で一番発言力を持っている義祖母が跡取りは藤十郎と決めており、それを覆すのはかなり難しそうだった。この家の人たちは、次期当主である藤十郎の帰りを待望しており、家を捨てて京で暮らす長男など見限って、藤崎家のために働いている次男を次期当主に、なんて声はただの一度も聞いたことはなかった。

しかしそれでも、奈緒は希望を捨てていなかった。

なにしろ藤十郎は、嫁を取ったというのに二年も戻ってこなかったのだ。これは藤崎家と決別するという意思表示なのではないかと期待していた。

(それが……今更戻ってくるなんて)

奈緒は強く手を握り、唇を震わせた。

まさかこのまま京に戻らずにこちらに居るなんて言いださないだろうね、と気が気ではない。そんなことになったら、ますます藤崎家での立場がない。

「確かに、周囲の人が言っていたように藤十郎さんは素晴らしい人だとは思うけれど」

「ああ、そうなんだ、自慢の兄さんなんだよ」

亨一は妾の子とはいえ、物心付く前から藤崎家で育てられている。それゆえ、兄を慕う気持ちが大きいことは知っているのだが、それが奈緒にとっては不満であった。

「でも、藤崎家の当主にはあなたが相応しいと思うの」

「……なんだって？」

亨一は立ち止まり、奈緒を振り返った。

その眉根には皺が寄っており、彼が奈緒の言葉を快く思っていないことは明白であった。

しかし奈緒は構わずに続ける。

「だって、藤十郎さんがいない間、代わりにこの家のことをやって来たのはあんたじゃないか。なにより藤崎家のことを分かっているのはあんただよ。京に行って、帝に任じられた大切な仕事をしているかなにか知らないけれど、この家のためにはなにもやっていないじゃないか」

「まあ……確かに。商売のことも、俺の方がよく知ってはいるな」

「当たり前よ！　この家のために文句のひとつも言わずに、黙々と働いているあんたの方が当主として向いているよ」

「そうか」

亨一はまんざらでもない顔をした。いつも小言ばかりの妻に褒められて嬉しいのだろうか。

「そうだな、兄さんが京に大切な使命があり、どうしても藤崎家を継げないとなったら考えてもいいな。それでも、それはきっと何十年も先のことだ。まだ父さんは現役を引退するような年ではない」

のんびりと言う亨一に、奈緒はついついカッとなってしまう。

「そんな悠長なことを！　それだから駄目なのよ！」

「……駄目だなんて、酷いなあ。これでも俺は与えられた役割をこなしているつもりだけれどなあ」

大の男が、妻に駄目などと言われて、怒るでも言い返すでもなく、やんわりと窘めるだけ。その優しさに助けられたこともあるが、今は奈緒を苛立たせるだけだった。

「あんたがそんなだから……！　達樹がかわいくないの？」

達樹とは、結婚してすぐに生まれた、ふたりの子供のことだ。

当主の子供と、当主の弟の子供ではかなり違う。当主の子供ならばこの先も安泰で、この家に居続けることができるが、そうでなければ下手をしたら藤崎家を出て行かなければならなくなる。

「もちろん達樹のことはかわいいさ。しかしなあ……俺には妾の子だった俺をこの家に引き取ってくれた恩義がある。その恩を返すつもりで働いているんだ。だというのに兄さんを差し置いて当主なんて……あまり考えられないなあ」

「あんたはこの藤崎家の直系の血を引いているんだ。そんな気弱な態度でどうするの！」

「まあ……ううん、そうだなあ」

そうして困ったように笑って、再び山道を歩き出してしまった。

奈緒は今にも爆発しそうな怒りに顔を真っ赤にしていた。しかしこの怒りを吐き出したとしても亨一はきっと取り合わないだろう。そうすれば余計に腹が立つだけだ。しばらくその場に留まった後、また亨一の背中を見ながら歩き出した。

(……なによっ。由緒正しい家の当主の妻になれると思って、わざわざこんな遠くまで嫁いできたというのに)

山道を歩きながら、心の中で恨み言を言い続けた。

藤崎家の嫁として精一杯務めているつもりだが、誰もそれを見てくれていない、認めてくれていない。藤十郎たちが当主夫妻となれば、余計に奈緒の影は薄くなってしまうだろう。

(本当に腹立たしい……！　せつなが……あの女がまさか藤十郎さんを連れ戻して来るなんて。京に行く途中で事故にでも遭って、そのまま死んでいればよかったのに！)

突然いなくなったせつなのことを、その当時は心配していた。近隣の山中で若い女性の遺体が見つかり、それがせつなではないかと言われたときには肝が冷えた。どうか間違いであるように、と涙ながらに祈ったものだ。

だが、それはせつなが夫に待たされ続けた、自分よりも哀れな女だったからだ。

しかし今は違う。

見事藤十郎を京から連れ戻したせつなは、藤崎家での立場ががらりと変わった。

それも憎憎しいのだ。当主の妻でありながら捨て置かれていたせつなが、この藤崎家で一番発言力を持つ花恵の信頼を得ようとしていた。彼女の腹心である柘植も、せつなには一目置いているようであった。

（あんな……華族だかなんだか知らないけれど、ぼんやりした陰気な女！　当主の妻なんて務まるはずがないわ）

せつなへの恨み言を心に念じながらただひたすらに山を登って行った。

古い慣わしかなにか知らないが、こうやって自分が白凰神社まで出向いて、お札を取りに行かなければならないことも腹立たしかった。亨一ひとりが供でも付けて行けばいいのに、夫婦で行くことが決まっているそうだ。

こうして藤崎家のために働いているのに、その結果得られるものがあるのかと考えると、堪らない気持ちになる。

（ああっ、忌ま忌ましいっ。私の気持ちなんて、誰も分かってくれない……！）

奈緒は荒く息を吐きながら、寒寒しい空を仰いだ。

予定通り昼前には白凰神社にたどり着いた。

立派な門構えの神社で、神職となるために修行している者を含めて数十人ほどの者がここに暮らしているらしい。本殿も拝殿も立派な造りで、それには藤崎家や奥沢の人々からの寄進があるからだと聞いたことがあった。

（そんなお金があるならば、私たちのために別宅でも建ててくれればいいのに）

奈緒たち夫婦の部屋は母屋の西の離れにあった。京に移り住んだも同然の藤十郎の部屋は母屋にあるのに。それすらも奈緒にとっては不満だった。

そこが西向きにあるということも不満である。朝日が見えず、夕陽が沈む部屋である。自分の人生もこのままでは沈む一方ではないかと考えてしまうのだ。

「俺は宮司と話があるから、少しここで待っていてくれないか？」

本堂で簡単な昼餉（ひるげ）をいただいた後、亨一がふと立ち上がった。奈緒はまだ食後のお茶を飲んでいるところだった。

「話？」

「ああ、実は藤十郎兄さんに頼まれたことがあるのだ。すぐに戻る」

そう言い残して亨一は行ってしまった。奈緒は板張りの広い本堂にぽつんと残された。辺りはしんと静まり返っていて、その静寂が怖いほどだ。近くに火鉢が置いてあるがこの広い本堂ではあまり温かく感じられない。寒さを感じて、ぶるりと肩を震わせた。早く戻って来ないかと思い、周囲を心細く見回していたときだった。

「……ああ、ここに客人なんて珍しいな」

不意に響いた声に驚いて見ると、そこには人が立っていた。

首が痛くなるほど背が高い人物だった。体つきががっしりとしていて、厳(いか)めしい顔をしているせいか山伏のようにも見えた。ここの神職だろうか。

「ええ。お正月のお飾りを授けていただきに」

「おお、そうであったか。……お連れは？」

「宮司様にお話があるとかで、行ってしまいました」

「そうでしたか、こんなところで待ちぼうけとは辛(つら)いでしょう」

ふと微笑んだ顔を見て、神職であるのにそんなふうに笑うなんておかしい、と違和感を覚えた。

そして、顔は笑っていても目の奥は笑っていないような気がするのだ。なんとも不穏な雰囲気をまとった者だった。

「ところでこの白凰神社には、なんでも願い事を叶(かな)えてくれる神様がいるのはご存じかな？」

突然そんなことを言われ、奈緒は戸惑った。そんなこと聞いたことがない。

「……なんでも、ですか？」

奈緒が疑いを持ちながらも問い返すと、男はゆっくりと頷(うなず)いた。

「ただ、そのためにはなにかを引き換えにしなければならないのだが……」

「なにを引き換えにしても叶えたい願いがあります！」

奈緒はついつい興奮して言ってしまった。

ここへ来る途中、ずっとせつなへの恨みを募らせて来たのだ。なにかを差し出せばあの女を消せるのであれば、望むところだと咄嗟に考えてしまった。

「ああ……なるほど。それほど強い願いが……」

男は少々面食らったようだが、呆れた、という様子ではなかった。

「ならばちょうどよかった」

「ちょうどいい……？」

「いや、なんでもない。こちらの話だ」

男はひとつ咳払いをした。その言いようが気になったが、わざわざ問い直すようなことはしなかった。

「それほど強い願いならば、拝殿からお参りするよりも直接ご本尊に願った方がいいのだろう。ご本尊は、この本堂の離れにある建物の、更に地下へと下りていったところにあるのだが……」

男は腕を組みつつ語る。

拝殿からではなく、ご本尊に直接願うなど、聞いたことがなかったが確かにそれならばこちらの願いをよく聞いてくれそうだった。

「しかしまあ、そこへ行くのは禁じられているので難しいだろうが」

「禁じられている……ということは、それほど強い力があるからなのですか？」

喰らい付くような瞳で聞く奈緒に、男はふっと笑みを漏らした。

「……まあ、その身に余る願いなど持たない方がいい」

男はそう言い残して、神職らしいゆっくりとした動作で歩いていってしまった。

残された奈緒はなんとも言えない気持ちでしばらくその場に座っていた。

願いを叶えてもらえるかもしれない、なんて話をしながら、やはりそれは難しいなんて人を食った話であり、もしかしてからかわれたのかもしれないと思うと腹立たしい。

（でもご本尊様……なんでも願いを叶えてくれる……気になるわ）

ここで暇を持て余しているよりも、そのご本尊を探してみようかしらという気持ちになった。まだ亨一が戻る気配はない。

奈緒は立ち上がり本堂を出て離れにある建物へと向かう渡り廊下を歩いて行った。

幸い、というべきなのか、そこへ行く途中誰とも行き当たることはなかった。普段行くことは禁じられている場所なのだろうか。そこに自分が行くことに躊躇いがなかったわけではないが、こんな機会はあまりないような気がした。自分たちがこの白凰神社へ来るのは年に一度、しかもいつもは用事が済んだら早々に立ち去る。今日のように亨一と離れて行動できるのはこれからあるか分からない。

奈緒は板張りの廊下を歩き、たどり着いた建物の中へと入って行った。

そこは思ったよりも狭い建物だった。小さな窓があるだけで、頼りなさげに行灯(あんどん)の明かりが灯(とも)っている。

ここの地下に、と言っていたのできっとどこかに階段があるのだろうかと思って探していると、格子扉を見つけた。どうやらこの奥に階段がある様子であった。格子扉には錠前が付いていて、いつもは固く閉ざされているのだろうが、今はなぜか錠前が外れていた。

「……無用心……ね？」

神社も今は年末の煤払(すすはら)いの最中だろう。事実、本堂へ入るときにはたきを持っている神職の姿を見かけた。その煤払いをしていて、鍵(かぎ)を付け忘れたのであろうか。

奈緒はこの機を逃すことはないと、周囲の様子を確かめてから、足音を潜めて格子扉の向こう側へと入っていった。

第二章　藤崎家の嫁

藤崎家に戻ってから五日が経っていた。

本格的に年末の煤払いと正月準備が始まる頃だ。藤崎家は家人も使用人もおおわらわになっていた。もうすぐ現当主である藤十郎の父も帰ってくる。

「今までは嫁いだばかりだからと甘えて、家のお手伝いもせずに失礼いたしました」

せつなは花恵の部屋を尋ね、床に三つ指を立てて頭を下げていた。

「藤崎家の嫁として、なんの役割も果たせずにいたのを申し訳なく思います。なんなりと用事をお申し付けください」

そう言って頭を下げ続ける。花恵がどんな表情をしているか気になったが、声がかかるまでとそのままの体勢で耐えた。

去年までは、藤崎家の人達が忙しく働いている中で、せつなはどこかお客様扱いで、なにも言いつけられることはなかったし、なにも手伝うことはできなかった。しかし今年はそれではいけない、と決意して花恵の元を訪ねて来たのだった。

「……そうかい。それはちょうどよかった」

花恵はそっけなく言うと、せつなの前に帳面を差し出した。

「そうだね、あんたには新しい年を迎えるのに必要なものを揃えに行ってもらおうかね？　今から言うから、その帳面に書き留めな」

「はい」

せつなは慌てて頭を上げて帳面を手に取り、近くにあった筆と墨を借りて花恵の言葉を書き留めていった。

「……と、こんなものかね？　今から町へ行って、準備するように頼んでもらえるかい？」

「分かりました。水沢屋と大森屋と、椿屋ですね」

帳面に視線を落として立ち寄る店の名前を繰り返しつつ、果たしてその店はどこにあったかと不安になった。確か水沢屋は町の入り口近くにあったが、他の店はあやふやである。奥沢に住んで数年が経っていたが、屋敷に閉じこもりがちで、町を歩き回ることはほとんどなかった。

「では、行って参ります」

花恵に頭を下げてから立ち上がり、部屋を出て支度を調えると、せつなはひとりで奥沢の町へと出て行った。

屋敷を出た途端に鋭い北風に襲われ、なにか羽織ってくればよかったと後悔したが、戻るようなことはせずにそのまま歩き出した。

さすが年末も押し迫ったということもあって、町はどこかそわそわと落ち着かない雰囲気だった。店の戸を開け放って丹念に掃除をしている人や、不用品を運び出している人の姿があり、どこかで餅をついているような掛け声が聞こえてくる。道を少し外れたところでは子供たちが駒回しをしているのが目に入った。

せつなは年末のこの慌ただしい雰囲気が嫌いではなかった。新しい年がやって来ると予感させられるからかもしれない。

(今年は……藤十郎様と一緒に過ごすことができるし)

そう思うと嬉しさがこみ上げてきて、その前にきちんとお使いごとを済ませなければならないと気合いが入った。

「ええっと……まずは大森屋さんだったかしら?」

ひとりごちながら店の軒先に立ち、襟元を整えてから一歩店へと入り声を上げた。

「ごめんください」

するとすぐさま店主が出てきたので、せつなは店主に向かって深々と頭を下げる。

「藤崎家の嫁のせつなです」

「ああ、いらっしゃい。先日、藤十郎の坊ちゃんと一緒に挨拶に来てくれたね?」

愛想のいい笑顔に、ほぅっと胸をなで下ろす。藤十郎と共に挨拶に回ったことが、さっそく役に立った。

「はい、先だってはありがとうございました。それで……実はお正月準備のために必要なものがありまして」

必要なものを告げ、三日後に取りに来たいと言うとそれまでには準備しておきますと言ってくれた。

「では、これで失礼いたします」

せつなは深々と店主に頭を下げ、それから戸を出たところでもう一度振り返って頭を下げてから、通りへと出た。

こちらに来るときにはちゃんと役割を果たせるかと不安だったが、考えてみれば大したことはなかった。これならばすぐに役目を終えて帰れるだろう、と高をくくった。

そして同じように水沢屋で用事を済ませ、厄介事は椿屋で起きた。

「え……もう在庫がないということですか？」

「そうなんですよ。そもそも今年は入荷が少なくて、つい先ほど売り切れてしまいましてね。他でもない藤崎様のご注文ですから、なんとか都合をつけたいところは山々なのですが、申し訳ありません」

店主に深々と頭を下げられてしまった。

そんなことを言われても困る。せつなはその場に立ち尽くしてしまった。

このまま家に帰れば、お使いもできないのかいと叱咤されるかもしれない。つい先ほど売れた、ということは最初に椿屋に来れば間に合ったかもしれないし、それともお使いなんて簡単なこと、などと思わないでもっと早くに用事を済ませてこちらへ来ればよかった。

「あの……なんとかなりませんか？　他に分けていただけるお店に心当たりは……」

「そう言われましても」

店主は腕を組み、うぅんと唸った。

困らせるようで申し訳なかったが、せつなとしてもただで引き下がるわけにはいかなかったのだ。

「もしかしたら、蔵を探せば少しくらい残っているかもしれません。ですが、そんな半端ものを藤崎家の方にお売りするわけには」

「蔵に行けばあるかもしれないのですか？」

「ええ、町からは少し離れたところにあるのですが。今から人をやって調べさせます。少しお時間をいただきますが」

「いいえ、それには及びません。私が直接参ります」

そう押し切って店主に蔵の場所を聞き、すぐさまそちらへと向かった。

幸いなことに、と言うべきか、蔵で取り置きをしていた品が急に取り消しになり、それを売ってもらえることになった。

お使いをちゃんと終えられたことに安堵したが、しかしずいぶんと時間を食ってしまった。早く藤崎家へと戻らないといけないと周囲に田んぼしかないようなあぜ道で走ろうとしたところで、道の石に躓いて、転んでしまった。

(……。情けないわ)

痛みはさほどではなかったのだが、なかなか立ち上がることができなかった。

ふと寒空の下で自分はなにをしているのかとも考えてしまった。こんなことをして義祖母に認められるのか。

いや、なにもしないよりずっといいのだ。早く藤崎家に戻るのに立ち上がろうとしたところで。

「もし……。大丈夫ですか？　お怪我は？」

ふと背後から声がかかった。

まさかこんなところで藤崎家の嫁が情けなく倒れているのを見られるなんて。せつなは素早く立ち上がった。

「いえ、怪我などありません。少し躓いただけなのです」

見るとそれは神職であるようだった。かなり若い。藤十郎と同じほどの年だろうか。中肉中背で、瞳が大きく、落ち着いた物腰の男性だった。

「ならばよかった。歩けますか？」

穏やかな表情でそう言われ、せつなはゆっくりと頷いた。

「大丈夫です。ご親切にありがとうございました」

「しかし足を痛めているのではないですか？　よろしければ送っていきましょう」

「いえ、本当に大丈夫です。お気遣いいただき、ありがとうございます」

せつなは丁寧に頭を下げた。

すると彼は、せつなの顔をまじまじと見つめ、眉根を寄せた。

「……この辺りでは見かけない顔ですね？」

「ええ、藤崎家の嫁で、せつなと申します」

「藤崎家……の？」

そこにはなにかの含みがあるような気がして、せつなは首を傾げた。

「……もしかして、藤十郎様のお知り合いでしたか？」

そう問うと、なぜか彼は気まずげな表情となった。

そういえば、この前神職となった藤十郎の幼馴染みの話を聞いた。彼がもしかして、と問おうとしたとき、ふと気配を感じてそちらに目を転じると、こちらへ向けて歩いてくる人の姿を認めた。

「……藤十郎様？」

向こうもこちらに気付いたようでぱっと笑顔になり、まっすぐに走り寄ってきた。

「ああ、お迎えが来たようですね。ならば、私はここで」

神職の男はそう早口で言って、まるで逃げるように立ち去ってしまった。もしかして藤十郎のことを避けているのか、と思えるような様子であった。

彼のことを気にしているうちに藤十郎がやって来てせつなの隣に立った。

「なかなか帰らないから心配して来てしまったのだが。どうかしたのか？　着物が汚れているようだが……」

「躓いて転んでしまいまして……恥ずかしいです」

そしてせつなのことを見ていた藤十郎の視線は、つい先ほど立ち去ってしまった男性の背中へと向かう。

「彼は……？」

「ええ、転んでしまった私を気に掛けて、声を掛けてくださったのですが……」

そう話している間にも彼の背中はみるみる小さくなっていった。

「もしかして、右京(うきょう)……」

「ええ、藤十郎様の幼馴染みで、神職になられた方ですよね？　藤十郎様のことをご存じの様子でしたので、私ももしかして、と思ったのですが」

それが、藤十郎の姿を見てまるで逃げるように行ってしまった。やはりなにかの遺恨を持っているのか、と考えてしまう。

「そうか、本当に彼だったら、久しぶりに話をしてみたかったのだが……」

悔いるように言う横顔が寂しそうで、せつなはどう声を掛けていいか迷った。

「なにか、お急ぎだったのかもしれません」

本当は家まで送って、というようなことを言っていたのでそう急いでいたとは思えないが、ついそう言ってしまった。

「そうか、そうかもしれないな。俺たちも早く帰ろう。もうすぐ日も暮れる」

やがて藤十郎がそう言い、ふたりで肩を並べて歩き出した。

右京という人物は藤十郎のせいで望まずに神社に入れられてしまったと聞いた。それを恨んでいて、藤十郎とは顔を合わせたくないと考えているのだろうか。ふたりの間に誤解があるとしたらそれを解くことはできないだろうか、この短い帰郷では難しいだろうか、と俯(うつむ)きながらあれこれ考えてしまう。

「どうしたの？　難しそうな顔をして」

ふといつものような優しげな微笑を向けられて、せつなは顔を上げた。

「いいえ、なんでもありません。……それより、どうして私があそこに居ると分かったのですか？」

「椿屋さんで聞いて来たのだ。目的のものは手に入ったの？」

「ええ、なんとか。なんでも急に取り消しになった品があっただとか。助かりました」

そうして和やかに話しながら藤崎家までの家路を辿っていると、ふと藤十郎が声の調子を下げた。

「ああ、そういえばきちんと言ってなかったけれど」

唐突にそう前置きをしてから、藤十郎は話し出した。

「俺の目のことだけれど……それは内緒にしてくれないか？」

「ええ、もちろんです。隊士様たちにも秘密になさっていたんでしょう？」

目のこと、とは、藤十郎が色の認識をできないということだ。

「このことを言えば……まあ、それを理由に家督を継ぐことはできないということにもできるかもしれないが、それより家族に心配をかけたくないのだよ。あの通りの母だから……実は京であやかし退治をしていることもきちんと話をしていないんだ。薄々は勘付いていると思うが」

「それは、きちんとお話しした方がよろしいのではないですか？　天子様の命を受けている立派なお仕事なのですから」

「そうだな」

藤十郎はすっかり困りきったような表情で首を横に振る。

「特に母は京に居る俺の身を案じるあまり、ときどきうなされて夜中に飛び起きることがあるそうなのだ。その上、命の危険すらあるような仕事をしていると知ったら、うなされるどころではすまない気がする。医師からも言われているのだ、病を受けやすい身では、心安らかに過ごすことが大切なのだと」

病は気から、ということなのだろうか。優しい藤十郎のことだ、母に余計な心配をかけたくないという気持ちは重々分かる。

「そのようなご事情でしたか……」

「病弱な母の側で暮らすのが一番の親孝行のように思うのだが、そのようにもいかない。俺にはやらなければならないことがあるから」

その言いようからして、藤十郎の中には奥沢に留まろうという気はないようだ。

（そうよね、京には大切なお仕事があるのだから。駄目よ、藤崎家の嫁として藤十郎様と一緒にこちらに居たい、なんて考えては。そうできたら、お義祖母様の意向にも従うことになり、嫁という立場としては有り難い、なんて）

せつなはこっそりとため息を吐き出した。

少なくともこちらに居れば藤十郎があやかしのせいで怪我をしたり、命を落としたりする心配がなくなる、とも考えてしまう。

（それに……ここなら私があやかしの子であることを忘れられる……）

そんなずるい理由もあった。

京にはあやかしが多い。先にあやかしに利用されそうになったときのように、自分の力が誰かに利用されてしまい、困った状況になるのではないかと怖いのだ。

せつなはまだ天狐であることに戸惑い、その大きな力を自分で制御できるか、自信がない。自分の力を怖いとすら思っているのだ。

自分の力で藤十郎を助けられることもあるかと思ったが、藤十郎はどうやらそれを望んでいないような気配であった。それに、あやかしとしての力があってもその力の使い方が分からないようなありさまでは、足手まといになるだけだ。そんな中でふと、こちらで藤十郎と共に、普通の夫婦のように暮らせたらと考えてしまった。

しかし、京で藤十郎を待っている人たちのことを考えると、そんな自分の都合で藤十郎をこちらに留めておくことはできない。

「お義祖母様にも、お義母様にも分かっていただけるとよいですね。京でお暮らしになることを」

「そうだね。理解を得るには少々難しいように思うけれど」

困ったように笑う藤十郎を見て、彼の力になりたいと思った。

そのためにも花恵に認められて、藤十郎が京に住まうことを許してもらえるように進言しなければならない。

花恵に認められることは藤十郎のためでもあるのだ、とせつなは改めて決意を固めた。

「連日働いてもらって悪いんだけれどね」

「いいえっ、なんなりとお申し付けくださいっ！」

せつなが意気込んで言うと、花恵は少々面食らった様子を見せてから再び話し出した。

「少し離れたところにある親戚の家まで行ってくれないかい？　実は私の従姉妹なんだけれどね、秋口から寝込んでいるんだ。文と、お見舞品を届けて欲しい」

朝餉後に花恵の部屋に呼び出され、訪ねていくとそうお使いを申し付けられた。

「はい、もちろんです。ですが、少し離れたところとは」

「ああ、道案内のために使用人を付けるから心配はない。それにそう遠いところではないんだ。本当は私が行きたいところなんだが、どうにも時間が取れなくてね。使いに行かせようと思っていたのだが、藤崎家の嫁であるあんたが行った方がこちらの気持ちが伝わるかもしれない」

それは花恵の名代ということになり、花恵の信頼を受けているから頼まれた仕事ということになる。断る理由はもちろんない。

「ええ、寝込まれているということですので、ご本人にお会いできずともご家族に様子を伺ってきますね」

「ああ、そうしてくれるかい？　それから私がとても心配していることも。文には書いてあるんだがね、直接そう伝えて欲しい」

そうしてお見舞いの品と文が入った風呂敷包みを受け取った。今から行けば夕方前には帰って来られるだろうとのことだった。寄っていくように言われるかもしれないが、いただいていいのはお茶だけだからね、長居はいけないと念を押された。

「では、お預かりしていきます」

花恵の部屋を離れて、一旦部屋に戻って支度を調えて待つが、同行してくれるという使用人はなかなかやって来ない。

あまりゆっくりしていると、こちらに帰りつく前に日が暮れてしまう。そう危惧していたところに、慌てた様子で女性の使用人がやって来てくれた。

その用事自体は、なんの問題もなくすぐに済んだ。

山間を歩いていって二刻ほどのところにある小さな集落に、目的の家はあった。

花恵の従姉妹はまだ寝込んでいたがかなり体調が回復していて、本来ならば挨拶したいところだったが、長く寝込んだために痩せてみっともない身体だから人にはあまり会いたくないとのことだった。お見舞いの品と文を渡すと、すぐに辞去する旨を伝えたのだが、花恵の従姉妹が文の返事を書いているから少し待って欲しいと言われた。予定の時間から遅れていることを考えるとすぐに帰りたいところであったが、断ることはできなかった。

「待たせて申し訳ありませんね。簡単なもので申し訳ありませんが、どうぞお召し上がりください」

せつなの前におおいなりさんが出された。

三角のおあげに包まれた、ふっくらとしたおいなりさんだった。

(長居はするな、お茶だけ……とは申し付けられていたけれど、これは文の返事を待つ間にと出されたものだから、いいわよね?)

お茶だけ、とは恐らくは病人がいるのだから長居するなという意味なのだろう。だが、文の返事を待っていることで既に長居はしている。

(それに出されたものを食べないなんて失礼だわ)

おいなりさんはせつなの好物なのである。

心の中で言い訳をしつつ、ありがたくおいなりさんをいただいた。

少し甘すぎる味付けは疲れていた身体にすうっと染み込んでいき、とても美味(おい)しかった。

おいなりさんを堪能(たんのう)し終わって、しばらく経った後に文を預かり、再び奥沢に向けて歩き出した。

「ずいぶんと遅くなってしまったわ、急がないと」

せつながそう言って急かすが、使用人の女性は疲れているのか、足取りが重い。

「……どうかしたの？　もしかしてどこか怪我でも？」

なにか不調があっても、使用人は主人にそう言えないものである。

だから、身分が高い者は常に目を配っていなければならない、とは華族の娘として教わっていた。

「いえ……そうではないのですが」

その声には張りがない。かなり疲れている様子だ。

「少し休みましょうか？　ほら、あそこにちょうど座れそうな倒木があるわ」

使用人の女性を座らせ、せつなは自分の羽織物を女性の肩にかけた。そして心配げに顔を覗き込むと、女性は遠慮がちにゆっくりと話し始めた。

「あの……実は昨日はあまり寝ていないのです」

「まあ、そうだったの？　どうして？」

「年末であれこれと忙しくて。その疲れであまり気分が優れず。すみません、少し休めばまた動けるようになると思うので」

そう言われても心配で、少しでもなにかできないかと遠出をするからと持ってきた竹の水筒を勧めようとするが、空になっていた。

「少し待っていて。どこからか水を汲んでくるわ。水音が聞こえてくるから、きっと近くに川かなにかあるのよ」

　せつなは女性を置いて、さっそくそちらへと向かった。

　女性が疲れているのは、もしかして自分たちの急な帰郷が原因かと考えた。予定外の宴が開かれ、近隣の人達がやって来て、と、せつなはただ座っているだけであったが、その準備でおおわらわだっただろうことは予想していた。

（申し訳ない事をしたわ。帰ったら藤十郎様にお話しして、なんとかしてもらいましょう）

　水音を探って木々が生い茂る山の獣道を入っていくと、間もなく小さな池を見つけた。地中から水が湧き出し、そこに澄んだ池ができたようだ。

　水筒に水を汲み、使用人のところへと戻ろうとしたときだった。

　ふと気配を感じて振り向くと……そこには若い女性が立っていた。

　ひと目見ただけで、忘れられないような容姿の女性だった。闇に沈むような濃い藍色の着物を身に纏い、腰まで届く髪は輝くよう白色で、しかし瞳は禍々しい赤色だった。年の頃はせつなと変わらないように見えた。美しい……のだがその美しさが怖いと感じる。

「お前はどうやら上手いこと人間の家に入り込んでいるようだな」

　その声はその年の女性とは思えないほどしわがれたものだった。せつなの警戒心は一気に高まる。

「あ、あの……、急になにをおっしゃって……」

「私はお前の正体を知っている。どうだ、人間のふりは楽しいか？」

「そう言うあなたは……あやかし……なの？」

恐る恐る聞くと、彼女はふん、と鼻を鳴らした。

「お前もあやかしのくせに、人間の間で暮らしているなんて愚かなことだ。知っておるぞ、当主の母にぺこぺこと頭を下げて。本当ならばあの家の者たちを、刹那のうちに殺せる力を持っているというのに」

恐ろしいことを言い出した女性に背筋が震える。この場を離れたいという気持ちと、彼女の正体を知りたいという気持ちがせめぎ合う。

「我が名はソラネ」

「ソラネ……」

「姿はお前と同じほどの年だが、お前よりもずっと長い間あやかしとして生きている。だから知っておるのだよ、人間の汚さ、他人を嘲る非道、自分の身を守るためのずる賢さ……。あの家の者は、お前があやかしだとは知らないのだろう？」

「えっ、ええ……それはそうですが」

せつなは気まずく視線を逸らした。

「もし知ったらどうなるかな？」

試すような言葉にぞっとする。

藤十郎はもちろん知っている。せつなが天狐と人との間に生まれた子供で、自身もあやかしの力を持っていると。藤十郎はあやかし退治を生業（なりわい）にしている第八警邏隊（けいらたい）の隊長であり、あやかしに対する理解も深い。だから受け入れてもらっているが、藤崎家の人々はどうであろう。

（考えることをずっと避けてきたけれど……私はあやかしで、本当ならばこんなふうに暮らせる者ではないのよね）

実家ではずっと座敷牢（ざしきろう）に閉じ込められていた。父が母とあやかしとの子であるせつなを忌み嫌っていたから。

そんな者が藤崎家の嫁として相応（ふさわ）しいかどうかと考えてしまった。嫁いだときには知らなかったからなにも考えずにいたけれど、今は違う。

「黙りこくってどうした？　ああ、知られたらすぐさま追い出されるだろうな。人間とはそのようなものだ」

「それは……そうかもしれませんが」

本当はすぐさま追い出されることが目に見えていた。由緒正しき華族の娘だと思っていたのに、あやかしの娘であるなんて。

「いつまで人間のふりをするつもりなのだ？　おぬしはあやかしであるのに」

言われれば言われるだけ、せつなの心は追い詰められていく。

二年も邪魔者だと思われていた藤崎家の家族に、ようやく受け入れられたと思った。だが、それは偽りなのである。もし藤十郎とせつなの間に子供が生まれたとして……あやかしとの間に生まれた子供を藤崎家の人々は喜んでくれるだろうか。

「いつあやかしだと露見するかとびくびくして暮らすよりも、妾と一緒に来ないか？」

「一緒……に？」

「そうだ。妾もおぬしと同じような身の上だ。人の間で暮らし、やがて疎まれて人から追い出された。お前もいずれはそうなる。そうすれば辛い思いをすることになるぞ」

確かにそれはそうかもしれないと考えてしまった。

もし今、藤崎家の人たちにあやかしだと知られてしまったら、どんな誹りを受けるか分からない。それを考えるだけで胸が苦しく締めつけられる。

「そうですね、私を受け入れてくれない人もいるでしょう……。でも、受け入れてくれる人もいます」

藤十郎もそうだったし、せつなの兄も、第八警邏隊の人たちもそうだった。せつなが天狐の子だと分かっても、せつなを邪険に扱ったり、特別に扱ったりすることはせずに、以前と同じように接してくれている。

「受け入れない者が大多数だ」

「そうかもしれませんが……。それでも私は掴んだ幸せをそうやすやすと手放す気にはなれないのです」

『決して人を憎んではいけません。それが、あなたが生きる唯一の道です』

亡き母の言葉はまだせつなの身体の深いところに残っている。母はせつなに人として生きることを望んでいた。せつなもそうしたいと願う。迷いなどない……はずだ。

せつなは母の言葉を胸に再び深く刻みつけるように、胸の前でぎゅっと手を握った。

「そうか、さすがは人の血が混ざっているだけある。卑怯だな、自分の正体を偽って人の間で生きようとは」

確かにその通りである。多くの人にとってあやかしとは恐れ、忌み嫌う存在なのである。人に危害を加えない友好的なあやかしもいる、とはいえ、そうと知っている人は少ないし、そうだとしても自分たちを異質なものだと避ける人は多いだろう。

「それでも……私は……あなたと一緒に行くことはできません」

はっきりと言い切ると、ソラネの顔はみるみる歪んでいった。

「ふん……まだ力の使い方も知らない小娘が。せっかく仲間にしてやろうというのに。まあ、いい。だが、きっとすぐに後悔することになる。そのときに妾を頼ってきても無駄じやぞ」

そう言い残して、ソラネはまるで冷たい風に溶けるように消えていった。

取り残されたせつなは、しばらくぼんやりとその場に立ち尽くし、寒風にその身を晒(さら)していた。

「……こんなところでぼんやりしてどうした？　考え事か？」

翌日の昼下がり。

昨日は帰りが遅くなってしまい、体調が悪いからと夕餉(ゆうげ)も取らずに寝てしまった。本当はとても眠ることとなんてできずに布団に横たわっていただけだけれど。

急に疲れが出たのだろう、体調が悪そうだから今日は一日休んでいるようにと藤十郎に言われて、せつなは所在無く、元々自分の部屋だった離れの縁側に座り、ぼんやりと中庭を見つめていた。

藤十郎の部屋よりもこちらの部屋の方が自分の部屋のように思える。

二年間、藤十郎を待ち続けていた部屋である。寂しい思いがたくさん残っているが、そうして耐えてきたからこそ今の幸せがあるように思えて、嫌な感じはまるでしなかった。

むしろ、今はこちらの部屋にひとりで居た方が落ち着く。

「いえ、なんでもありません」

心配をかけまいと微笑むが、それはどうやら上手くいかなかったようだ。

「昨夜から顔色が悪かった。なにかあったのではないか？　誰かになにか言われたか？」

藤十郎はせつなの隣に腰掛け、心配げに顔を覗いてきた。

本当はなにもかも話してしまいたかった。

だが、言ってもなにもならないと考えてしまう。怪しげなあやかしに出会ったことも、そこでなにがあったのかと問われたら上手く答えることができそうもなかったので、話せなかった。

人の間で暮らすことに負い目を感じている、しかし藤十郎の側で暮らしたい。そんなことはわがままであり、言われた方も困るだろう。それに卑怯だと言われようとなんだろうと、せつなは今の暮らしを捨てる気はない。では藤崎家の人達に自分はあやかしの子だと話すか……それはよい方法ではないだろう。藤十郎でも、それを話すべきではないし、話すにしても今ではないと言うだろうことは目に見えている。

結局はどうにもならないことを堂々巡りでうじうじと気にしているだけなのだ。

「本当になんでもないのです……。些細なことです」

「……そんな些細なことでも話して欲しいと言っている」

少々強い口調に面食らってしまう。

藤十郎がせつなに対して、こんな調子で言うことは今までになかった。

「も、申し訳ありません。ですが……」

「そんなに話したくないのならば、もういい」

藤十郎は怒ったように言って立ち上がり、そのまま振り向きもせずに部屋を出て行ってしまった。

せつなはその背中を呆然と見つめてしまう。怒らせることを言ってしまったという自覚がまるでなく、しかしいつもよりもそっけないその態度に戸惑ってしまったのだ。

（そんな……藤十郎様を怒らせてしまった。どうして？　私のなにがいけなかったの？　心配をかけたくなかった……だけなのに）

そして、機嫌を損ねたらしい藤十郎にどう接したらいいのか分からない。

せつなは途方に暮れて縁側に座り続けていることしかできなかった。


（まったく情けない。せつなが俺になにも話せないのは、俺の家族のことを気にしてに決まっているのに。それを八つ当たりのように）

藤十郎は藤崎家の長い渡り廊下を大股で歩きながら、自分の不甲斐なさに拳を握っていた。

こちらへ帰って来てから、『これであんたの嫁さんも安心だな』『あんな嬉しそうな嫁さんの顔は見たことがない』などという言葉を聞くたびに、今までせつながあまりよい待遇を受けず、寂しい思いをしてきたことを思い知った。

それは自分のせいではあるのだが、そもそもは勝手に婚姻を決めてせつなを嫁にもらった祖母や両親のせいでもある。

自分を実家に戻すために利用するという負い目があるのだから、せつなをもっと厚遇するべきだった。しかし、どうやら祖母も両親も、せつながかえって自分の足を遠ざけたと、疫病神のように扱っていたようだ。せつなはなにも悪くないのに。

（本当に……困ったものだ。せつなもそんな扱いをされたのならば、恨み言のひとつくらい俺に漏らせばいいのに）

なにも言わないのはせつなの優しさであるのは知っているのに、一方でせつなには不満もなにもかも自分にだけは言って欲しいという思いがある。ああやって塞ぎこんだ様子なのも、家族の誰かになにか言われたからなのかもしれない。それを自分には話して欲しいのに。

そうして矛盾した思いを抱えつつ、苛立ってせつなに当たってしまった。

「……どうかされましたか、藤十郎さん」

不意に声を掛けられて見ると、そこには奈緒が立っていた。弟である亨一の妻である。

「ああ、奈緒さんか。どうもしないよ」

微笑を向けるが、奈緒は不審げな顔を崩さない。

「そうですか？　なにか考え事をされていたようですが……」

奈緒は小柄でふくよかな女性だった。少々神経質なところがあるのか視線がよく動くが、それは転じればよく家のことも人のことも見ているということだろう。

そして、彼女はとても鋭いところがある。

下手に誤魔化しては不信感を抱かれるだろう。義妹とはできるだけ仲良くしたい。藤十郎は観念して、ふっと息をついた。

「そうだね、妻と少しあってね」

「ああ、せつなさんと。具合はよくなられました？　長旅に加えて、お義祖母様が張り切ってあれこれと申しつけているので疲れたのでは？」

「ああ、そうだね」

気さくに語る奈緒に今まで張り詰めていた気持ちがほぐれていくのを感じる。

「本当は、俺がもっと気をつけてやればいいのだが」

「仕方がありませんよ。お義祖母様は久しぶりに藤十郎さんが帰って来たのがよほど嬉しいのか、せつなさん以上に藤十郎さんにあれこれと言いつけているでしょう？　夫が、あれでは旅の疲れを癒やす間もないと言っておりました」

「亨一が？　そんなことを」

「ええ。いっそのこと、藤十郎さんもせつなさんのように倒れてみたらいかがですか？　少しはお義祖母様の言いつけから逃れられるかもしれませんよ」

「ああ、考えておくよ」

冗談めかした言葉に、それもいいかなと考えてしまう。こちらに戻ってきたらせつなとあちこち出掛けたいなと考えていたが、家の雑事でそれどころではなく、歯がゆく思っていたのだ。

「せつなのこと、悪いが気にかけてやってくれないか？　どうやら、俺には話せないことがあれこれありそうだから」

少々皮肉めかして言うと、奈緒はふふっと笑った。

「そりゃ、婚家に不満があっても旦那様になんて言えないものですよ。ええ、それとなく聞いてみます。私でお力になれるとは思いませんが、もしかしたら話すだけで気が楽になるかもしれませんし」

では、と言って別れた奈緒を見て、亨一は本当にいい嫁を持ったなと有り難く思う。亨一と奈緒にならば、この家を任せられると思うのだが。

（まあ、俺がそう思ったところでどうにもならない……。お祖母様も、もう少し亨一の処遇について考えてくれたらいいのに）

戻って来たら戻って来たで問題が山積しているな、と藤十郎は目を伏せた。

「……！」

と、その途端にふと不穏な気配を感じた。奥沢に戻って来てからは感じたことがないあやかしの気配。それを奈緒の背中から感じたような気がしたのだ。

「気のせい……か……」

まるで自分に言い聞かせるように呟いて、再び歩き出した。


（……なんだってあの女ばかり。私はあんなふうに夫に気遣ってもらったことなんてないわ）

藤十郎と別れてから西の離れへと向かう道すがら、奈緒は肩を怒らせ、すごい勢いで歩いていた。

（それに、私は具合が悪いからと夕餉を取らないだとか、仕事を休んだりだとか、そんなことをしたことはないわ。達樹を産んだ後だって、一週間も経たずに床を払って働いていたというのに！　それに達樹は私自身の手で育てたかったのに、乳母が育てるからあなたは家の仕事をするようにと言われて……！　本来は次期当主の妻、つまりせつながやるべき仕事までやらされて）

華族の家柄かなにか知らないが、どうしてあの女ばかり特別扱いされるのか。

そして、藤十郎のことを知れば知るほど、悔しいが、彼が藤崎家の当主として望まれている理由が分かるし、そんな夫を持ったせつなが憎らしくなる。

そして、そんな幸せを享受しつつ、体調を崩して正月準備の仕事を免除され、藤十郎に心配をかけている。

(体調を崩したなんて……きっと嘘なんだろう。そうやって人の気を引くのがあの女の手なんだ。藤十郎さんは優しいから、それに騙されているんだ。まったく……あの女はどこまで……!)

そう考えると堪らない思いになり、そして自分の身が惨めに思える。夫は自分の話をまるで聞いてくれないし、義母は亨一と血が繋がっていないせいか、奈緒のことなど気にもかけてくれないし、義祖母は奈緒がどんなに頑張っても藤崎家の嫁として当然だという態度で、むしろ失敗の方を言い連ねる。

「誰も私のことなんて分かってくれない……」

心の中にいつも渦巻いている気持ちを、ふと呟いてしまった。

実家に戻っても奈緒の立場は弱い。

てっきり、藤崎家当主の妻になるのだろうと奈緒を送り出した両親は、それが叶わないとなると奈緒の妹へ肩入れするようになった。妹は長男に嫁ぎ、男の子を産んで、嫁ぎ先での立場を確固たるものにしている。それに比べて奈緒は……と、達樹を見せに里帰りをしたときに直接言われた。

（あの女さえいなければ、なにもかも上手(うま)くいく……）

奈緒はすっかり冷静さをなくし、そんな思いに囚(とら)われていた。そうでなければこのまま自分は一生藤崎家にこき使われ、達樹もそうなってしまうと恐れていたのだ。

（あの女さえいなければ……）

まるで呪文(じゅもん)のように心の中で繰り返していた。


「あら、せつなさん。こんなところでどうしたの？」

藤十郎が去った後も、中庭を見ながらぼんやりとしていると、不意に奈緒が来て話しかけてきた。

「奈緒さん」

せつなは居住まいを正し、奈緒に頭を下げた。

実は彼女には苦手意識を持っていた。どことなくこちらを嫌っているような、侮っているような、そんな雰囲気を感じるからだ。だから、こんなふうに話しかけられて少々驚いた。

「具合を悪くしたと聞いていたけれど、見たところ元気そうね」

「はい……すみません」

奈緒には華族のお嬢様は家の手伝いもせずに楽ができていいわね、とかつて言われたことがあった。

「具合を悪くしているならば、こんなところでぼんやりとしていないで、部屋に戻って火鉢にでもあたって休んでいればいいのに」

奈緒はそう言いつつせつなの隣へと腰掛けた。

「なにか悩み事でもあるの？」

その優しげな尋ね方にも驚いた。

まるで人が変わったようだ。藤十郎と一緒に帰郷したことは、奈緒まで変えてしまったのだろうかと考えたほどだ。もしかして、離縁直前の妻ではなく、将来の当主の妻と目されるようになったせつなとは仲良くなった方がいいという考えが奈緒の中にあるのかもしれないけれど。

「……いいえ、悩みなんて、そんな」

「そうよね。あんないい旦那さんを連れ帰って、あなたがよくやったと親戚中の評判だもの。これで、嫁としての面目が立ったわよね」

「はい……」

「なんの不満もないはずなのに……とはいえ、なんとなく分かるわよ。きっとあなた、張り切りすぎているのではない？」

その言葉はすっとせつなの心に入ってきた。言われてみれば最近ずっと気を張っていた気がする。

「ええ、そうかもしれません」

「私でよかったら話を聞くわよ。話を聞くだけで、なにもできないのが申し訳ないけれど。私はこの家でほとんど発言権がないから」

ふっと寂しそうに俯いた奈緒を見て、彼女もこの家で苦労しているのだと思うと親近感が湧いてきた。今までは結婚したときからちゃんと夫がおり、結婚後すぐに子宝に恵まれて、と、せつなにとっては理想的な、羨ましいだけの女性だったのに。

「同じ嫁同士でないと分からないこともあるからね」

「奈緒さん……。そう言っていただけると嬉しいです」

もしかして奈緒にはなにか考えがあって、自分に話しかけてきたのかもしれないという警戒心はあっという間に緩んだ。

「そうね……。以前は冷たくしたこともあったけれど、あなたがいなくなってから私も反省したの。あなたは夫が帰って来ずによほど思いつめていたのだと分かって。気付いてあげればよかったなって。悪かったわね」

「そんな、奈緒さん。奈緒さんに謝ってもらうことなんてありません」

せつなは大袈裟なほど首を横に振った。

まさか、奈緒がそんなふうに思っていたとはまるで考えていなかった。こちらへ戻ってきたときも、いつも以上に険のある視線で見つめられたような気がしていた。だが、それはきっと考えすぎの勘違いだったのだ。

思えば奈緒とゆっくりと話したことなどなかった。嫌われている、と思い込んでいたのでこちらから話しかけることもなかったから。もしかしてそれが知らずに態度に出て、奈緒の方も話しかけづらかったのかもしれない。

「ねぇ、なにか悩んでいるならば話してみなさいよ」

「いえ、でも……」

「話せばすっきりするわよ。べつにこっそりお義祖母様に告げ口したりしないから。それにこれから一緒に藤崎家を盛りたてていかなければならない、あなたとは義姉妹なんだから。遠慮や秘密はなしにしましょう」

それはせつなにとって甘美な響きだった。

藤崎家の人々と家族になれるのか、と考えると心が躍る。実家では長く座敷牢に閉じ込められていたという事情もあり、自分に家族が居るのだという自覚は薄かった。それが手に入れられるかもしれない。

「そうですね……実は……」

私は実はあやかしと人間の間に生まれた子で、実家ではずっと座敷牢に入れられて育ったのです。

そんなことを言うことができたらどんなに楽だろうと考えたが、もちろん口に出せなかった。

「正直に申し上げれば、私は藤十郎様のお側にいられればそれでいいのです」

突然の告白だとでも思われたのか、奈緒は面食らったようだった。

「なによそれ、のろけ？」

「そう……かもしれません」

そこまで、彼の存在はせつなの中で大きくなってしまっていた。だからこそ、不審なあやかしに会い、あやかしとして生きないかと言われたことを打ち明けられなかった。もしかして、自分には全てを捨ててあやかしとして生きる道もあるのかもという思いがせつなの中に生じてしまったから。それはあやかしであっても自分の妻にすると言ってくれた藤十郎を裏切ることではないのか。

「藤十郎様を信じていればそれでいいのに」

「なによ、よく分からないわね？　まさか藤十郎さんから離縁するとでも言われたの？」

「いいえ、とんでもない！　そんなことでは……私の悩みなどわざわざお話しする必要はないことです。そんなことで藤十郎様を煩わせたくはないのです。ですが、お話ししないことで藤十郎様を怒らせてしまったようで」

そして先ほどのやりとりを奈緒に話した。

奈緒はなにも口を挟まずに親身に最後までせつなの話を聞いてくれた。私なんかの言葉に耳を傾けてくれるなんて、と、それだけで嬉しい。

「そんなの、ただのよくある行き違いではないの。気にすることはないわよ」

「ですが……。藤十郎様があのように怒られたことは今までになくて」

それを思うと胸が苦しくなる。そして、厄介なことにどうして藤十郎が怒ったのか分からないのだ。

「私になにかいけないところがあったのならばいくらでも謝るのですが、なにが悪かったのかも分からずに……」

人として生きると言いながら、今まで人と接する機会が少なかったせつなは相手の気持ちを上手く汲み取れないことがある。それも自分を情けなく思うひとつだ。

「そういう、煮え切らない態度に苛々としたのでは？」

「そっ、そうですか？　煮え切らない……」

確かになにか悩みがあるのではないか、と言われたときに、本当は眠れなくなるほど悩んでいるのに藤十郎に心配をかけまいと話すことができなかった。

「なににしても、あまりこだわりすぎるのはよくないわ。明日になったら向こうもけろりと忘れてしまっているわ。こういうことはいちいち追及しない方がいいわよ」

「え？　相手を怒らせてしまったのならば、理由を明らかにして謝った方がよろしいのでは……」

「そんなことをいちいちしていたら、夫婦生活なんて成り立たないわ。些細な感情の行き違いなんて、これからいくらでもあるわよ」

奈緒に確信に満ちた強い口調でそう言われると、そのようなものかもしれないと思ってしまう。

せつなは藤十郎と夫婦となってから日が浅い。今まで人と接する機会も少なく、女性たちの噂話や夫の愚痴なども聞いたことはない。こんな話をするのも初めてだ。奈緒は普通の家庭に育って、姉妹もいると聞く。このようなことにはせつなよりもずっと詳しいだろう。弟夫婦、ではあるが、夫婦としての経験はせつなよりも多い。

「そのようなものなのですね。では、あまり気にしすぎないことにします」

「そうそう、それがいいわよ」

奈緒に背中を叩かれると、なぜか心がふっと軽くなったような気がした。

「明日からはちゃんと働きなさいよ？　今日はこのままゆっくり休んで」

「ええ、ありがとうございます」

そう返答すると、奈緒は今まで見たことがないような穏やかな顔で微笑み、その場から立ち去った。

その後ろ姿を見送りながら、せつなは温かな気持ちになっていた。

(奈緒さん……思っていたよりもずっと優しい人だった。きっと、今まで微妙な立場の私にどう話していいのか分からなかっただけなんだわ。やっぱり、藤十郎様と一緒にこちらに帰ってこられてよかった)

じんわりと幸せを噛み締めつつ、その肝心の藤十郎と仲良くしなければならないと改めて思った。


「ごちそうさまでした」

せつなはいつものように残さず夕餉を食べると、箸を置いて拝むように手を合わせた。

藤十郎はその様子をじっと見つめていた。昼間よりもずっと顔色がいい。あんなに思い悩んでいる様子だったのに、その気配もない。こんな短い間にせつなの悩みがすっかりなくなったということだろうか？　いや、無理をしているのではないかとも勘繰るが、そんなそぶりはまるでない。

「すっかり元気になったようだな、よかった」

「はい、ありがとうございます。明日からは今日の分も働かなければなりません」

そうして微笑むせつなを見て、安堵すると共に違和感を覚える。

昼間の言い合いなど、まるでなにもなかったかのようだ。それが藤十郎には少々不満だった。

せつなには不安に思っていることがあればなんでも話して欲しい。

だからこそ強い言葉を使って、不機嫌さを前面に出してあんなことを言ってしまった。

それは、せつなを不遇から救いたいというこちらの必死の思いがあったからだ。それがまるで無視されてしまったように思えた。

(俺の手助けなど……不要ということか？)

そんな後ろ向きの思いに囚われて、藤十郎の心は沈んでいった。

「……どうしたんだ、兄上？　浮かない顔だな」

不意に話しかけられて顔を上げると、そこには亨一の姿があった。

せつなは用事があるからと行ってしまい、ひとりで中庭に臨む縁側に腰掛けて考え事をしていたのだった。

「うぅん、そうだな。よく理解しているつもりだった妻の心が、急に分からなくなったというところか」

冗談めかして言うと、亨一はぷっと噴き出して藤十郎の隣に座った。

「そうだな、奈緒に少々影響されているのかもしれないな。奈緒は女きょうだいの間で育ったせいなのか、女の気持ちなんて男になんて分からない、と必要以上に男女を隔てて考えるところがあるようで」

「なるほど、ありそうなことだ」

それは藤十郎にとってあまり望まないことではあったのだが、せつなのことを気に掛けて欲しいと言ったのは自分である。今更撤回するのもどうかと思う。

「ところで俺の方も妻には気になるところがあるんだ。どうにも最近様子がおかしい」

「……そうなのか？」

ふと、奈緒の背中に不穏な気配を感じたことを思い出した。まさかあやかしに魅入られているようなことはないと思うが。

「夜中に急に飛び起きたり、ぼんやりと空を見つめていることがあったり。なにか作業をしていても気もそぞろという様子で。かと思えば急に怒り出したり。……まあ、怒るのはいつものことではあるのだが」

「疲れが出ているのではないか？」

「ああ、俺もそう思って休むように言うのだが、取り合ってもらえずに困っているんだ。年の暮れの雑事が済めば、落ち着くとは思うのだが」

それでも亨一は不安そうだった。

もしかして自分たちがこちらに戻って来たことで、なにか思うところがあるのかもしれないと勘繰るが、それは口に出さなかった。

「……お互い、妻のことには少々気を払った方がよさそうだな」

「そうだね。ああ、奈緒がなにかしたらいつでも言ってくれ」

そう言ってくれることが頼もしい。亨一はあまり必要ないことは話さず、とっつきにくいところもあり、祖母も両親も認めていない。だが実はとても目端が利き、頼りがいがある男だ。

(やはり亨一こそ藤崎家の跡取りとして相応しいと思うのだが……あれこれ難しいな)

山積する問題に、藤十郎は鬱々としたため息を吐き出した。

「奈緒さんの言う通りでした。少しの行き違いなど気にしない方がいいようです。あれから藤十郎様は今まで通り接してくださいますし」
今日は奈緒とふたりでお正月に振る舞う品々の準備をしていた。
藤崎家はこの辺りで元は年貢の取り立てをしていた庄屋であり、近隣の人々が挨拶にやって来るのだ。そのときにお渡しするお土産を用意するのは嫁の役割だ。そこにはお礼状を挟むのだが、今日は奈緒とふたりでそれを書いていた。
こうして正月準備が進むにしたがって、正月が近づいてくるということだ。きっと今までにないいい正月になるだろう、との予感がした。

「そうよ、ひと晩経つと忘れるの。男なんてそんなものよ」

「ええ、奈緒さんにお話を聞いてよかったです。そうでなければ、あの後訳も分からずに怒らせて申し訳なかったと謝って……余計に機嫌を損ねてしまったかもしれません」

そう言うせつなを見て、なぜか得意げに笑う奈緒が少し気になりつつも、奈緒のおかげで夫婦の危機が回避できたことは間違いない。これからもなにかあったら奈緒に相談すればなんとかなる、とせつなは信頼を寄せていた。

奈緒と座卓の隣同士に座って、お礼状を書きながらあれこれと話した。それはとても楽しい時間だった。家のためになにかをできているということが嬉しいということもあり、女同士であれこれ話せることが嬉しかった。

「……少しお邪魔するわね」

そんな言葉と共に不意に襖（ふすま）が開き、そちらに目を向けるとそこには由里（ゆり）の姿があった。

「お、お義母（かあ）様！　起きていて大丈夫なのですか？」

せつなは慌てて立ち上がって由里の横に立ち、彼女を支えるように肩に手をやった。

「大丈夫よ、このところとても体調がいいの。藤十郎が帰っているからかしらね？」

そう言って笑うが、それはやはり弱弱しいものだった。せつなは部屋の隅に置かれた座布団を持ってきて、そこに由里を座らせた。

「奈緒さんも一緒に、なにをしていたの？」

「ええ……。お正月にいらっしゃるお客様に渡すお礼状を書いていたのです」

奈緒は遠慮がちに由里に話しかける。奈緒もせつな同様、いつも自分の部屋で寝ていることが多い義理の母を気遣っているようだ。

「実はね、せつなさんには藤崎家の親戚についてきちんとお話をしていないと思って。奈緒さん、少しせつなさんを借りても大丈夫？」

「ええ、もちろんです。私は続きの作業をしておりますので」

奈緒がそう言うと、それで了解したとばかりに由里はせつなの方へと身体を向けた。正直、奈緒と用事をしている今でなくてもいいのではと思ったが、滅多に姿を現さない由里がわざわざ来てくれたので断ることはできない。奈緒には後で謝っておこうと決めた。

由里は手にしていた巻物を床に広げていった。それは藤崎家の家系図であった。

「お正月には親戚一同が会することになるから。そのときのために家系図は頭に入れておいた方がいいわ」

「それはとても有り難いです。ですが、お身体に障るのではありませんか？」

「今日は気分がいいから大丈夫。もう寝ているのも飽きたのよ。それに、少しは姑らしいことをさせてちょうだい」

そうしてお礼状を書く作業を続けている奈緒を横にして、由里は藤崎家について説明していった。

　藤崎家の歴史は古く、平安時代まで遡れるとのことだった。元は別の場所に住んでいたが所領を与えられて奥沢に根付いてこの辺りを治め、現在に繋がっている。

「親戚の多くは近隣に住んでいるのよ。夫の兄弟と、その子供たちと、お義母様の兄弟まででは毎年こちらに来るから、名前を覚えておいてね。そしてこの大友家は藤崎家の分家にあたるから、その一族も挨拶にやって来るわ。お正月にお客様を迎えるときに、誰が誰だか教えるわね」

「ええ、助かります」

　そうしてせつなは帳面を開いた。先に花恵が寄越したものだった。それに名前を書いていき、正月までには全て頭に入れるつもりだ。

「藤崎家では、かつてはあやかしを祓う術師が多く生まれていたそうですね」

　家計図を見ながら、ここに書かれている人の中に藤十郎のような術師が居たのかと思い、ついつい聞いてしまった。

「ええ、そうね……力は途絶えたはずなのに、どうして藤十郎にあやかし祓いの力なんてあるのかしら？　幼い頃は怖い思いもしたみたいだし、そうでなければ京になんて行かなくて済んだのに」

　由里の家系図を見つめる瞳が、なぜか憎憎しいものになってしまった気がする。

「……お正月が過ぎても藤十郎はこちらに居てくれるのよね？」

急に由里の声の調子が下がったことに焦ったせつなは、思わず目を逸らしてしまう。

「そ、それはどうでしょう。藤十郎様は、京にお戻りになるつもりのようですが」

「せつなさんには、藤十郎にこちらに戻るように説得してもらわないと困るわ。なにしろ、せつなさんは藤崎家の嫁なのだから」

いつもは弱弱しい雰囲気の由里がこんなにきっぱりと言うなんて、困惑してしまってすぐに言葉が出てこなかった。どうやらこの点では花恵と由里は同意見のようだった。

「もっ、もちろん藤十郎様には私からもお話ししてみます」

「ええ、お願いするわね」

それで一応納得した様子の由里に、引き続き藤崎家について教えてもらった。由里は、せつなさんにこの家に馴染んでもらわないと藤十郎も戻ってこないわよね、なんて言いながら丁寧に教えてくれた。

由里がせめて姑らしいことをと考えてくれて、病弱な身体を押してあれこれ教えてくれるのがとても嬉しかった。義祖母はともかく、義母は自分を少しは認めてくれているのかもしれない、と思えたからだ。

「そういえば奈緒さん、今年も亨一と白凰神社にお札を取りに行ってくれたのですって？ありがとう」

不意に由里に話を振られたからか、奈緒はお礼状を書く手を止めて、戸惑ったような笑みを浮かべた。

「……いいえ、それがお役目ですので」

「変なお役目よね？　夫婦揃って行かないといけないなんて。亨一だけで行けばいいのに」

「そういう決まりだと大奥様から聞いております。身重であっても容赦されず……と、失礼いたしました」

　ふと不満がもれてしまったということだったのだろうか、奈緒は気まずそうに俯いて、再びお礼状を書く作業に戻ってしまった。

「そうね、私が代わってあげられればよかったのに」

　寂しそうに言う由里に、奈緒は慌てて声を上げる。

「いいえ、お義母様がまさかあのような山道を歩くなんて」

「それか、夫婦で行ったことにして奈緒さんだけ麓で休んでいれば。白凰神社には夫婦で来たと口裏合わせをしてもらって」

「はあ……そのようなことが……」

　由里は気楽に言うが、奈緒はとても受け入れられないという様子だ。せつなも同じような状況であったとしても、後でそれが露見したときの花恵の怒りを考えると、なかなか難しいなと考えてしまった。

「では……私はこれで失礼するわね。少し長くお話をして疲れてしまったから」

「ええ、ありがとうございました。お部屋まで一緒に参りましょうか？」

せつなは丁寧に頭を下げながら言う。

「いえ、いいのよ。せつなさんは奈緒さんと一緒に作業中だったのよね？　続きをして。奈緒さん、お邪魔したわね」

「……いいえ、とんでもないです」

奈緒は静かに首を横に振った。

そして由里は立ち去り、せつなは再び奈緒と一緒にお礼状を書く作業を始めた。奈緒はとても手際がよく、作業は大分進んでしまっていた。

「ごめんなさい、奈緒さん。ひとりでやらせてしまって。後は私がやるから、奈緒さんは休んでいて」

「いいのよ、去年は私ひとりでやったことだもの。手伝ってくれるだけでも助かるのよ。それに、もうすぐお義祖母様が作業の確認をしにくるわ。そのときに私だけ休んでいたらなにを言われるか」

「そうだったのですね。では、早く進めましょう」

奈緒の言いように少々棘があるように感じつつ、作業の続きに取り掛かった。

しばらくはお礼状を書くことに集中してふたりとも無言だったが、やがて奈緒が肩に手を当てて、強張(こわば)った首と肩をほぐすように首を横に振りながら話しかけてきた。

「……ところで、先ほどお義母様と話していたけれど、正月をこちらで過ごしたら京に帰るとは本当なの？」

「ええ、藤十郎様はそのつもりなのです」

「どうして？　てっきりこのままこちらに居るつもりだと思ったのに」

藤十郎はこちらに残ることを否定していると言っていたが、奈緒までこのまま奥沢に残ると思っていたとは。藤崎家の親戚や使用人たちもそう思っているのかもしれない。

「私もそうしたい気持ちは山々なのですが、そうもいかずに」

「もしかして京に住んだほうがいいと思っているの？」

「あの……ええっと、そうですね。藤十郎様は京に大切なお仕事が……」

「それはそうよねぇ！」

奈緒は急に驚くほどの大声を出した。

せつなが驚いて言葉を失っている間にも、まるで責めるように続ける。

「奥沢なんて田舎よりも京に住みたいわよね！　私も少し気持ちが分かるわ。だって京は美味(おい)しい食べ物も多いだろうし、素晴らしいことがたくさんあるだろうしね。ねぇ、京ってどういうところなの？」

「あの……そうですね」

「ねぇ、教えてよ？　どんなに素晴らしいところだったの？」

　そう意気込んで言われ、答えないわけにはいかない。京は素晴らしい、奥沢はそうではない、とのように伝わらないか心配だったのだが。

「まるでこちらとは違う世界のようでした。素晴らしい建物が立ち並んでいて、お寺も神社も歩いていればすぐに行き当たるくらいに多くて。由緒ある、素晴らしい造りのお社がありまして」

「お店の数もこちらよりもずっと多いのでしょう？　どんなお店が？」

　そうやって目を輝かせる奈緒はきっと京に興味があるのだろう。自分の見てきたことを仔細に語ろうとせつなは更に続ける。

「ええ。米屋に金物屋にそれから湯豆腐のお店や、漬物屋も何軒もありました。それから、呉服屋に甘味屋などもたくさんありました。とても美味しい和菓子のお店がありまして、こちらにもお土産として持って来られたらよかったのですが」

「そんな素晴らしい場所ならば、こちらよりもだんぜん京に住みたいってことよね！　もしかして、せつなさんが藤十郎さんにそう言っているの？」

　奈緒は爛々と目を輝かせて、ぐいっとこちらに迫ってきた。有無を言わせない強引さを感じ、その迫力に少々戸惑いながら言葉を紡ぐ。

「ええっと……それは一体どういうことですか？」

「せつなさんが京に住みたいから、藤十郎さんに京に留まりたいと言っているのね？　いいのよ、隠さなくても。私たち義理とはいえ姉妹でしょう？　藤十郎さんは優しい方だもの。こちらにずっとせつなさんを置き去りにした負い目もあるから、せつなさんのお願いならば聞かないわけにはいかないものね！」

「いえ、そんなことは……」

どう説明したらいいのかと迷っていると、不意に背後の襖が開いた。

誰かが来たのか、と思って見ると、そこには花恵が立っていた。

「あ……」

凄まじい迫力をまとう花恵におののいてしまう。今の話が聞こえていたのだろうか。

「……そうかい。まさかあんたがそう仕向けていたとはね！」

やはり聞こえていたらしい。

せつなは作業の手を止め、花恵に向けて頭を下げた。

「いえ……決してそのようなことはございません。藤十郎様が京に戻らないといけないとおっしゃっているのは、京には大切なお仕事があるからで、私のことは関係なく……」

「確かにね、こんな田舎町よりも京での暮らしは魅力的なんだろうさ！　でもね、この藤崎家に生まれたからには生まれながらに責務を負って……」

「ええ！　もちろんです。藤十郎様は決してそれをないがしろにしているわけでは……」

「そうだろうねぇ、私の孫だ。その辺のことはわきまえているだろうさ。だが、それにあんたが余計なことを言った」

「そんなっ！　そんなことは決して！」

どう言ったら分かってもらえるだろうか。それだけを考えて必死に頭を下げ続けるが、花恵の声は不機嫌になるばかりだ。

「……もういいよ。まったく、そんな企みにはまるで気付かず、あんたに藤十郎をこちらへ残るように説得するように言ったとはね。私も耄碌したものだ」

「いえ、ですから、そのようなことは決して……」

同じようなことを繰り返すことしかできない自分が不甲斐ない。涙が滲みそうになるが、泣いてもなんともならないと必死で堪える。

「正月が過ぎたら帰るとはいえ、正月はこちらで過ごすんだろう？　ならばせいぜい働いてもらうよ」

花恵は冷たく言って、ぴしゃりと襖を閉めて行ってしまった。

花恵が去った後も、せつなは顔を上げることができずにそのままの体勢で固まってしまっていた。

「ご、ごめんなさいせつなさん……。そんなつもりではなかったのだけれど」

奈緒にそう言われてもせつなは顔を上げることができなかった。

(嫌われてしまった……。藤十郎様のご家族に。こんなことでは、妻として失格だわ……)

そしてこの誤解をどう解いたらいいのか、せつなには見当も付かなかった。

「……ねぇ、やっぱり華族のお嬢様だもの。自分が気に食わないと思ったことは、陰でいろいろと仕掛けて排除しようとするのよ」

ふとそんな声を聞いてしまい、せつなは母屋の裏口へと続く通路の途中で立ち止まってしまった。義祖母に不興を買った後、そのまま部屋に戻る気にはなれずにしょんぼり歩いていたところに、こんな会話を聞いてしまうなんて。

この角を曲がれば井戸がある。その井戸端で使用人たちが話しているのだろう。

「でも、そんな陰湿な人には見えないけれど」

「藤十郎様に妻として認められて……思い上がっているのではない？　今まではいつも俯いて暗い顔をしていたのに、藤十郎様と一緒だとあんなにはしゃいで」

「ねえ。藤十郎様に認められても、藤崎家の嫁として認められることとは違うのに」

悪意のある言葉に、身が縮まっていくのを感じる。

だから、嫁として精一杯務めているつもりなのだが、彼女たちにはそうとは映らないのだろう。一体どうしたら、と思っていたときにふと肩に大きな手が置かれ、驚いて振り返るとそこには藤十郎がいた。そして藤十郎はせつなを残して角を曲がり、井戸端にいる女性たちへと話しかけた。

「……なにを言う。せつなを嫁として連れて来たのはお祖母様だ。それがせつなを嫁として認めていないとはなんのことだ？　お祖母様がそう言っていたのか？」

せつなもその後を追っておっかなびっくりと角を曲がると、そこには三人の女性がぼんやりと立ち尽くしていた。急に藤十郎に声をかけられて、驚いているのだろう。

「わ、若旦那様っ！　いえ、決してそんなことでは……」

「では誰がそんなことを言っている？　藤崎家の使用人であるお前たちに、そんなことを言う権利はないはずだが？」

ぴしゃりと言われて、反論もできないといった様子である。

「その……申し訳ありませんでした。まさか若旦那様と、若奥様がいらっしゃるとは思わなかったもので」

女性たちの中で一番年嵩の者が慌てて頭を下げる。

「そうか。俺たちがいないところではそんな陰口を言い放題だということか」

「……！　いえ、決してそういうことでは！」

女性たちのひとりがそう言うと、次々とそれに続く。

「そんな揚げ足を取られては困ります」

「どうかお許しください。そんな深い意味はないのです……」

女性たちは煮え切らないような態度であれやこれやと言いつくろう。

すっかり怯えてどうしたらいいか分からずにうろたえている様子だが、藤十郎はそれに気付かないはずはないのになおも続ける。

「お前たちは事の重大さを分かっていないようだな。雇われている家の家族の悪口を言うとはどういうことか？　今すぐ暇をやってもいいんだぞ」

その言葉には、使用人たちだけではなくせつなも驚いた。まさか藤十郎がそんなことを言い出すなんて。

「そんなっ！　暇だなんて困ります……！」

「ここを追い出されたら行き場所なんてありません。実家の両親に合わせる顔もない」

「そうですよ、藤十郎様。いくらなんでもそれは言い過ぎです」

せつなは慌てて藤十郎と使用人たちの間に割って入った。

「それに……確かに私はうかれていたのかもしれません。藤崎家の嫁となれたことが嬉しくて……本当は藤十郎様の妻として、もっとしっかりしたところを見せなくてはならなかったのに。彼女たちが不安に思い、ついつい不満を漏らしたのも無理からぬことです」

「いや、ここは下がってくれ、せつな。使用人たちに自分たちの立場をわきまえさせることも必要なのだ」

「でしたら、もう充分ではないでしょうか。彼女たちも理解したはずです」

女性たちが不安そうな顔をしているのを見ていられなかった。きっとその場の勢いで言い過ぎてしまったのだろう。藤十郎が自分のことを気遣ってくれているのは嬉しいが、そのことで誰かが辛い思いをするのならば見過ごせない。

せつなの言葉に藤十郎の勢いが衰えたことを見取ってか、彼女たちは遠慮がちに言う。

「本当にすみませんでした。せつな様も……申し訳ありません」

「あの……先ほどはああ言ってくださいましたが、全て私たちが勝手に言っていた戯言でございます。お気になさらないでください」

そうして逃げるようにして裏口から母屋へと入って行ってしまった。

藤十郎は腕を組み、彼女たちの背中を見つめながらやれやれと頭を振った。

「……ずっと以前から気になっていた。どうやらお祖母様が気に食わないと思っていることに関しては、使用人たちもなにを言ってもなにをしても許されると思っているようなきらいがある。弟の亨一も困っていると言っていた。そもそも、この家はお祖母様の意向で動きすぎなのだ」

「ですが……大旦那様亡き後、お義祖母様が藤崎家で一番の発言権を持っていることは確かですし」

「だからと言って、使用人が藤崎家の者に対して陰口を言っていいことにはならない。その辺りはわきまえてもらわないといけない。使用人たちの教育が行き届いていないのだ。本来使用人たちを指導する立場にある柘植はお祖母様の言いなりだしな。……ああ、なににしてもせつなは気にすることはない」

藤十郎は微笑んで、再びせつなの肩に手を置くが、気にするなと言われても気になってしまう。

「ところで、最近奈緒さんと仲良くしているようだな」

「ええ、そうなのです」

奈緒の名前を出されて、せつなの声は弾んだ。

奈緒とはすっかり打ち解けて、藤十郎にも話せないことをあれこれと話している。藤崎家でせめてもの救いになっているのは、奈緒の存在があるからだ。それにどれだけ助けられているか知れない。

「……もしかしたら、奈緒さんとは少し距離を置いたほうがいいかもしれない」

少々困ったように言った藤十郎の言葉が信じられなくて、せつなは戸惑ってしまう。

「え？　どうしてですか？」

「亨一に聞いたのだが……表向きは明るく振る舞っているが、どうにも最近情緒が不安定のようなのだ。夜中に急に飛び起きたりすることがあるらしい。亨一も心配していた。原因は……よく分からないのだが」

「でしたら、奈緒さんにお話を聞いてみます。奈緒さんにはいろいろと助けていただいているのです。今度は私がお力にならないと」

奈緒に不審な様子はまるでないとせつなは思っていた。知らずに辛い思いをしているのならば助けたいと思う。

「いや、やめておいた方がいい」

「なぜですか？」

「たぶん……奈緒さんはせつなの力は不要だと思うからだ」

その言い方が引っかかってしまう。だから意識せず、言葉が尖ってしまう。

「私には誰かの力になるなんて無理だと、そうおっしゃっているのですか？」

「そんなことはない。ただ……詳しくは話せないのだが」

「詳しくは話せないとはなんですか？　お話しください」

「今はその時期ではない」

強情にそう言い張る藤十郎に、せつなは苛立ちを感じてしまった。

そして、本当は言うつもりがなかったことが口から出てくる。

「……以前、藤十郎様は自分にはなんでも話して欲しいとおっしゃっていましたが、ご自分ではなにも話せないと言い、私には話せと言う。それは矛盾していませんか？」

「……それをいま蒸し返すか」

藤十郎の陰鬱なため息に、せつなは自分が口にした言葉が間違いだと気付いた。

重苦しい空気が流れ、堪らなくなって声を上げる。

「と、とにかく……！　私は奈緒さんと距離を取るなんて気はありませんから」

自棄になったように言い放ち、逃げるようにその場を離れてしまった。

こんなことをしては余計に藤十郎の心が離れてしまうと気付いたのは、しばらく経って落ち着いたときだった。

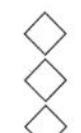

「……もうすぐお前の望みが叶うであろう……忘れるな……お前は妾の言うとおりにして……待っていればいいのだ……」
不審な声を聞いたような気がして、奈緒は飛び起きた。
そうして辺りを見回すが、暗がりの中、何者の姿もない。気配も感じない。ただ、夜風に揺れる戸の音が響いているだけだ。
（夢……また）

奈緒は額の汗を拭った。

このところ毎夜のように夢に見る。白凰神社であの場所へ行って以来、ずっと。白い髪に赤い瞳をした神様……に呼びかけられるのだ。原因はなんなのか、心当たりはあるのだが。しかしまさか、あのときの願いが叶うのかという思いがあった。

「……奈緒、どうかしたのか？」

どうやら亨一を起こしてしまったらしい。ごそごそと動くような音がした。

「いえ、なんでもないのよ。変な夢を見て」

「このところ続くな。一度医師に見てもらった方がいいのではないか……？」

「いいのよ……大袈裟だわ」

そう言って奈緒は再び布団に潜り込んだ。

しばらくは身体を起こして奈緒を見ている気配だったが、諦めたように再び寝転んだようだった。

（……もう、人の気も知らないで！　だいたい、あんたがもっとしっかりしていれば）

奈緒は苛立たしく寝返りを打った。

もうすぐ願いが叶う。

あの憎らしいせつなを亡き者に。

そうすればあの優しい藤十郎はもう嫁を取るなんてことはないだろう。そのまま京に戻って二度と奥沢に戻ることがなければ亨一が藤崎家の当主となり、達樹が次期当主になる。

よくよく考えれば藤十郎を亡き者にすればいいだけの話だった。そうすればせつなは実家に戻るしかない。

しかし、奈緒の恨みはせつなに向く。あの女さえいなければ……今日だって、わざわざ義母が起きてきてせつなに藤崎家について教えていた。自分はそんなことをしてもらったことはない。あの女がいるせいで、自分は侮られ、どんどん存在感が薄れていく……恨みはますます募り、せつなさえいなくなれば自分は幸せになれると思い込むに至っていた。

(もう少しで私の望みが叶う……このことは誰にも話してはいけない……そう、誰にも)

奈緒は心の中で繰り返しながら、再び寝返りを打った。

「……ごめんなさいね、せつなさん。私、自分の身体があまり丈夫でないことを少し忘れて張り切りすぎてしまったみたい。せつなさんが京から戻ってきて、嬉しかったから」
病床の由里は弱弱しく笑い、布団の中から手を伸ばしてせつなの手を取った。
「せつなさんにもっとあれこれ教えたいのに。身体がついていかないって辛いわね」
「そんな、どうかご無理はなさらないでください」

せつなは握られた手をそっと握り返した。その手は痩（や）せ細り、こちらの体温が奪われるのではないかと思うほど冷たい。

ここは由里の部屋で、由里が急に倒れて医師まで呼ばれたと聞いて駆けつけたのだった。初めは今は寝ているところだからと面会を断られたのだが、少しこちらで待たせてくださいと由里の部屋の近くで待っていたら、少しだけ面会に応じてくれるということでやって来たのだった。

由里は見るからに顔色が悪く、話す声はか細く消え入りそうだ。

「……お正月の親戚（しんせき）の挨拶（あいさつ）は……どうしましょう？　せつなさんに親戚の方を紹介すると言ったのに」

「そんなこと気にせずに、今はゆっくり休んでください。私のことは……きっと藤十郎様がなんとかしてくださいます」

藤十郎とは昨日の一件以来気まずくなり、同じ部屋で寝起きをしながらひと言も言葉を交わしていない状況なのにそんなことを言ってしまった。

「そうね……藤十郎に頼みましょう」

「ええ。では、お身体に障ってはいけないので、私はこれで」

とにかく静養してもらうことが肝要だと思い、早々に辞去する旨を告げて由里の部屋を後にした。

襖（ふすま）を閉めると、ふぅっと息を吐き出した。

由里が無理をしているなんてまるで気付かなかった。考えてみれば、由里が部屋から出てきていることも珍しいことだったのだ。もっと気を配るべきだったと反省した。

もしかして、正月まで由里は寝たきりかもしれない、と思うと、相談事を持ちかけたのが心労になったのかと気にしてしまう。家系図を見せて藤崎家について教えてくれたときも、もしかして断った方がよかったのかもしれない。自分のことなど放っておいてもらって、数年ぶりにひとり息子と一緒に過ごす正月のために体力を温存しておいてください、と言っておけばよかった。

「……せつなさん、ちょっといいかな？」

不意に声をかけて来たのは藤十郎の父である英雄（ひでお）だった。昨夜仕事先からこちらへと帰ってきた。

言われるがままに部屋に入ると、彼は声を潜めて話し始めた。

「どうやら、君にあれこれ教えようとずいぶんと無理をしたようだ」

藤十郎の父は肌が浅黒く角張った顔で、見た目は藤十郎と似ていなかったが、声はよく似ていた。

「知っているかと思っていたが、由里はとても身体が弱いんだ。夏に大きく体調を崩してひと月ほども起き上がることができなかった」

「はい……私が甘えすぎてしまったのかもしれません」

由里に無理をさせてしまった理由はなにがあっても自分に間違いがなく、そこは素直に謝りたかった。

「もう少し気をつけてくれないか？　由里は自分が身体が弱いことを気にして、どんなに体調が悪くてもなかなか人にそう言うことができないんだ。周りが気付いてやらないと」

強い口調になにも言えなくなる。ただしょんぼりと俯くだけだ。

「すみませんでした。次から気をつけます」

「ああ、そうしてくれ」

乱暴に言い捨てて、英雄は行ってしまった。

英雄は気分屋のところがあり、機嫌が悪いときには使用人を強く責め立てるようなことがあるとは知っているが、なかなかいつものことだから、と思うことはできなかった。

（やっぱり……あやかしが人のふりをするのは無理なのかしら……）

そんなことまで考えてしまい、せつなの心は更に沈んでいった。

第三章　人として生きるということ

由里(ゆり)を見舞った後、そのまま自室へと戻る気になれなかったせつなは、人があまり近寄らない裏庭にしゃがみ込み、ぼんやりと空を見上げていた。

(藤十郎(とうじゅうろう)様と夫婦になれさえすれば幸せになれると思っていたけれど……そうではなかったわね)

自分の甘い考えを後悔しつつ、それでも少しでも藤十郎と彼の家族と上手(うま)くやるためにはどうしたらいいだろうと思い悩んでいた。

「ああ……せつなさん。どうしたの?」

声をかけられて振り向くと、そこには赤子を抱いた奈緒(なお)の姿があった。奈緒と亨一(きょういち)の子である達樹(たつき)だった。

奈緒は年末年始の準備で忙しく、このところ使用人に預けていることが多かったので、奈緒が達樹を抱いている姿を見るのは久しぶりだった。

「達樹くん……ずいぶんと大きくなりましたね」

せつなは立ち上がり、奈緒が抱く達樹の姿を覗(のぞ)き込んだ。奈緒の腕に抱かれ、静かな寝息を立てている。

「そうかしら？　まだまだ赤ちゃんよ」

奈緒は穏やかな表情で達樹を見つめる。やはり、我が子に向ける表情が一番柔らかく愛情に満ちている気がする。

「早く大きくなって欲しいと思う一方で、今のかわいい姿でいて欲しいとも思ってしまうのよ」

「分かります。本当にかわいいもの……。奈緒さんはすごいなあと思います。本当はずっと達樹くんと一緒に過ごしたいでしょう？　かわいい盛りですもの」

「ええ、まあ……そうね」

「それを人に預けて家の仕事をされて……。達樹くんが生まれたときにもすぐに床払いをなされて、藤崎家の嫁として家のことをあれこれとなされて。私にもわざわざ達樹くんの顔を見せに来てくださいましたね？　私、とても嬉しかったのです」

その当時、藤崎家の中で疎外感を抱いていたせつなは、奈緒が亨一と共にわざわざやって来て、生まれた達樹を抱かせてくれたことに感激したのだった。

「お義祖母様ともお義母様とも上手くやられて、使用人の方々も奈緒さんには信頼を寄せているように思います。奈緒さんが周囲への気遣いができる方だからなのでしょうね。私は、残念ながらあまり気が回らないので……いつも奈緒さんのようにできたらなと思っております」

　それは偽りのない本心だった。

　奈緒のようにできたらどんなにいいかといつも思っていた。だから、こうして奈緒と親しくなれたことがとても嬉しかった。

　変なことを言ったつもりはなかったのに、なぜか奈緒の顔は曇った。

「……そんなふうに褒めてもらったことはなかったわ」

「そうなのですか？　きっと皆さん表立って言わないだけで、心の中では奈緒さんのことをこれ以上ないお嫁さんだと思っているでしょう。奈緒さんのようにできる方は他に誰もおりませんもの」

　せつなが言うと、奈緒は虚を衝かれたような表情をして、僅かにせつなから視線を逸らした。なにか悪い事を言ったのかと思ったが、奈緒はすぐにいつもの顔に戻った。

「ところで、こんなところでどうしたの？　顔色が悪いみたいだけれど」

　やはり奈緒は鋭い。なんでも気付かれてしまうなと思いつつ、事情を話した。

「そう……なんだか酷い誤解をされてしまっているようね。挽回するにはどうしたらいいのかしらね？　私も、さすがにお義祖母様やお義父様を怒らせたことがないから分からないわ」

　奈緒は気の毒そうな表情で首を横に振った。

「……藤十郎様ともぎくしゃくしてしまったし。もうどうしていいか分からないわ」

せつなは力なく言って、ため息を吐き出した。

どうやら奈緒の耳にもあれこれと情報が入っているらしく、せつなを見かけて心配して話しかけてくれたようだ。

「私のなにがいけないのか、とも思うのだけれど、そもそも嫁いで来たことがいけなかったのかもしれないわ」

せつなはそこまで思いつめていた。

やはり自分のような者が婚家で上手くやっていこうなんて無理な話なのだ。実家でも長く存在をないことにされていた。

「嫁いできたことがって……」

「私にはその資格がなかったのです」

そもそも座敷牢に閉じ込められていたような娘なのだ。結婚できただけで僥倖で……しかし婚家にとってはとんだ厄災かもしれないということまで考えてしまっていた。

（やはり、私のようなものが人の間で暮らすことは無理なのかしら……）

ふとあのときに出会ったあやかし、ソラネのことを考えてしまう。もし一緒に付いて行ったらどうなっただろう。少なくとも、こんな辛い思いはしなかったのではないか、と。

あまりに落ち込んだ様子のせつなを気にしたのか、奈緒が励ますように声を張る。

「こうなったら、少し大胆な手を取って、みんなを驚かせたらどうかしら」

「それは……どういうことなのでしょう？」

「実家に帰ると置き手紙を残して、しばらく姿を消せばいいのよ」

奈緒の提案にせつなは戸惑い、さすがにそれはいけないと考えたのだが。

「以前、せつなさんがいなくなったと分かったとき、みんな反省したのよ。いくら藤十郎様が戻ってこないからと言って、私たちがせつなさんに辛く当たりすぎた、と」

「ええ……そうだったのですね、でも」

「それをもう一度思い出させればいいのよ。お正月の準備で忙しいということもあるけれど、そもそも藤崎家ではせつなさんをぞんざいに扱い過ぎだと思うの」

「ですが、私は実家に戻っても居場所がないのです。両親は他界しておりますし、兄と兄嫁はおりますが……」

出戻った義妹など兄嫁は歓迎しないだろう。なにより、兄に心配をかけるわけにはいかない。

「なにも本当に実家に帰る必要なんてないのよ。近くの宿場町に二三日泊まって、やっぱり考え直して戻ってきたということにすれば。その間に、みんながせつなさんを捜して、上手いこと泊まっている旅籠（はたご）に迎えに行くということになれば一番いいと思うの。私がそういうふうに仕向けてもいいし」

奈緒はとてもいい提案をしたというふうに自信ありげな顔をしているが、せつなにはそれがよい手だとは思えなかった。

「でも、皆さんを騙すようなこと……」

「それくらいやらないと駄目だと思うの」

奈緒の態度は強硬で、断ったら気を悪くしてしまうのではないかと恐れてしまう。

いま、せつなが悩みを打ち明けられる相手は奈緒しかいない。

そんな奈緒の機嫌を損ねるようなことはあまりしたくないと考えてしまう。だからと言って、そんな置き手紙を残して姿を消すなんてこともしたくない。

「……あまり気が乗らないって顔をしているわね。私がせっかく考えてあげたいい作戦なのに」

「いえ……そんなことは」

「いいわよ、気乗りしないことを無理にやらせようなんて思わないわ」

唇を尖らせた奈緒は少し残念そうだったが、そう言ってくれたことにせつなは安堵した。

そして、やはり奈緒は、相手が嫌がることを無理強いしない、いい人だとの認識になる。

「でも……試しに書いてみたら？　ほら、それですっきりするということもあるし」

「実家に帰る、という文を試しに書くんですか？」

「そう、そこにこの家に対する不満も書くの。もちろん、誰に見せるわけでもないわ。それでね、それを燃やすの。自分の不満を火にくべて跡形もなくすようで、案外すっきりするものよ。私も実はよくやるの。厨房の竈にくべることもあるし、裏庭でこっそりたき火を焚くこともあるわ」

達樹を抱きながら微笑を浮かべる奈緒に、家に対する不満などないように思っていたので少し驚いていた。優しい旦那さんがずっと側にいて、義祖母も奈緒に信頼を置いているように思える。

「なるほど、それはいい手かもしれませんね」

それに、置き手紙を残して実家に帰ろうとするよりはずっといい。せつなはその提案に乗ることにした。

「さっそく、部屋に戻って文を書いてみようと思います。……誰にも出さない文を書くなんて奇妙に思えますが」

「ええ、誰にも見られないように注意してね。それで、その文を一緒に燃やしましょう。私はその準備をするわね。自分の恨みを供養するの……ふたりだけの秘密よ」

「はい」

せつなは笑顔で頷いて自室に戻り、さっそく半紙に自分の不満……というより、理解されずに悲しい気持ちを綴っていった。

せつなは藤崎家のことが好きで、嫁として認められたいだけなのに思いが上手く伝わらず悲しい思いをしているだとか、藤崎家に馴染もうとしているのにあれこれ誤解されてしまって困っているだとか。

そして、そんな自分の気持ちを整理するために一時藤崎家を離れて実家に戻ろうと思うと綴ると……本当は戻る気なんて少しもないのに白々しいと感じたが、誰にも見せないものだからと思いなおした。

そして文を書いていくうちに自分の気持ちが整理できていった。

やはりなにか誤解があっても、悪く思われても、自分は藤十郎の嫁として藤崎家に居たいのだ。そのためには自分から誤解を解くように努めなければならないし、少し人になにか言われたからと落ち込んでいないで、自分のやるべきことをやればいいのだ。

(やはり奈緒さんの言うとおりにしてよかったわ)

そうして文を書き終わると、それを畳んで懐に入れ、奈緒が待っているはずの裏庭へと向かった。

「持ってきた？　たき火の準備はできているわよ」

奈緒は枯れ葉を集めて作ったたき火の前にしゃがみ込んで、せつなを待ってくれていた。達樹は使用人に預けたようだった。せつなを構うよりも我が子と一緒にいたいだろうに。自分のために時間を割いてくれたことに感謝の気持ちしかなかった。

間もなく日が暮れる頃で、せつなは周囲の様子を気にしながら小走りで奈緒の元へと急いだ。

「さあ、早く燃やしてしまいましょう」

「はい」

奈緒に急かされて文を懐から取り出した。

そして奈緒と一緒にたき火の前にしゃがみ込むと、なぜだか楽しい気持ちとなった。ふたりだけの秘密を抱えているようだったからかもしれない。

「それでは、文を貸して」

言われる通り、せつなは着物の懐から文を取り出して奈緒に渡した。

そして、奈緒が文を火にくべようとしたときだった。

「あっ、いけない！」

不意に奈緒があさっての方向を見て立ち上がった。

「誰か、そこに居るような……」

「え？」

つられてせつなも立ち上がり、奈緒と目と目を合わせた。奈緒がわずかに首を動かしたので、見て来るようにと言われたのだろうと察して、たき火から離れて様子を見に行った。

しかし、そこには誰の姿もなかった。

「誰もいないようです」

「……そう。風の音だったのかしら。さあ、誰も来ないうちにさっさと燃やしてしまいましょう」

元のようにふたりでたき火の前にしゃがみ込み、そして火に文をくべた。

空に上がっていく煙を見て、自分が心に抱えていた不満など消して、藤崎家の嫁として励んでいこうという気持ちになった。向こうに拒絶されたとしても、本当に追い出されるまではここに居よう、と。そうやって一心に励むことが自分には必要なのかもしれない。

変に拗ねた態度を取れば、　向こうは余計に不快に思ってせつなに辛く当たるかもしれない。

「なんだか、自分の不満を燃やしたら心まで軽くなった気がします。ありがとうございます、奈緒さん」

「ね、そうでしょう？　本当に効くのよ、これ。またなにかあったらいつでも付き合うわ」

その気持ちが嬉しく、藤崎家であれこれと誤解をされてもそのおかげで奈緒と仲良くなれたのなら、むしろいいことだったのかもしれないとまで考えていた。

「でも、本当によかったの？　この文を燃やして。これを残して実家に帰るふりをした方がよかったのでは？」

「それは……いくらなんでもやり過ぎだと思うのです。以前、京に藤十郎様を迎えに行ったときも文だけを残して出掛けてしまい、とても心配を掛けたと聞いています」

「もう一度そのくらいのことをしないと、お義祖母様はあなたを追い出して新しい嫁をもらうなんて言っているし……あ……」

奈緒はしまったとばかりに口を塞ぎ、それから気まずそうに瞳を伏せた。

「ごめんなさい、そんなことを言うつもりはなかったのだけれど」

ばつが悪そうに俯く奈緒を前にして、せつなはなにも言えなくなった。

義祖母がそこまで考えていたなんて予想もしていなかったが、充分ありえることだった。義祖母は藤十郎をこちらに呼び戻すために嫁を用意したのだ。せつながその役割を果たせないと思った今、やはりせつなを離縁させて、と考えるのに無理はない。

そもそもせつなが京に藤十郎を迎えに行こうと決めたのも、そろそろせつなとは離縁させて、という義祖母の話を立ち聞きしてしまったからだ。

（どうしよう……）

これはさすがに藤十郎に相談した方がいいのではないかと思えてきた。彼には心配をかけたくなかったが、離縁させられるようなことになりそうなのに、心配をかけるもなにもない。せつなは藤十郎以外の人を夫に持つなんてもう考えられなかったし、藤十郎が他の人と結婚するのも受け入れられない。

「……あ、そうだわ。急に思い出した！」

奈緒はぽん、と手を叩いた。

「明日、親戚の方々がいらっしゃるでしょう？　その中に亡くなった大旦那様の妹がいらっしゃるんだけれど」

「ええ」

せつなは由里に教えてもらった藤崎家の家系図を頭の中に描きながら聞いていた。

「お義祖母様になにか意見できるのは今ではその方だけよ。その方を味方にできれば強いわ。彼女のお気に入りとなったら、離縁させるなんてとんでもない、という話になるだろうし」

確かに奈緒の言うとおりであろうとは思う。離縁となれば、さすがに親戚たちに事前に話をするだろう。そのときに止めてくれる人がいれば心強い。

「その方が好きな花があるのよ。母屋にある南の客間にお泊まりになる予定だけれど、その部屋にお花を飾りましょう。せつなさんがわざわざ用意した、と知れば、嫁として一目置かれるようになるのでは？」

確かにそれはいいように思えるが、媚びているように思われないだろうかと不安はある。だが、なにもしないよりはましであろうか。

「さっそく今から摘んできましょう。それがいいわ！」

さあさあ、と奈緒は急かすが、そんなことでその人の気を引けるだろうか。そして、今からわざわざ摘んでくるというところにも違和感を覚えた。

「今からですか？　もう暗いけれど……大丈夫でしょうか？」

「大丈夫よ、すぐのところだから」

「ですが……こんな冬に屋外で咲く花はそんなにないように思います。どんな花なのですか？」

「山茶花よ。特に白い山茶花が好きなの」

「山茶花……この辺りに咲いているのかしら？」

「ええ、特別な場所にしか咲いていないの。だから、その山茶花が飾られているのを見たらきっと大喜びするわ。大丈夫よ、私が一緒に行くから」

奈緒はせつなの着物の袖を引く。

すっかり乗り気の奈緒は強引で、どうしてそこまで、とさすがに不思議になった。

「あの……とてもよいことを教えてもらって嬉しいのですが、今日はもうすぐ日が暮れそうですし、寒くなってきました。場所を教えていただければ、明日の朝早起きをして摘んで参ります」

「今日でないと駄目よ。明日は忙しくて一緒に行けないもの」

「ですから、場所を教えていただければ、と……」

「口で説明するのは難しいわ。一緒に行かないと」

なぜか奈緒は苛立（いらだ）っているようで、どうしてそこまでして、とやはり思ってしまう。

「では……藤十郎様に言って場所を教えていただきます。きっと藤十郎様ならば知っているでしょうし」

　すると奈緒は明らかに不機嫌な表情となった。自分の提案が受け入れられなくて不服に思っているのだろうが、それにしては過敏な反応のように思えた。

「……そう。結局は藤十郎さんに頼るのね」

「それは……夫婦ですので」

「では、私はもう相談に乗る必要なんてないわね。あなたがここから追い出されたらどうしようと思って、それであれこれ考えてあげているのに。実家に帰るふりをするのがいいと言ったのを断って、親戚の人のご機嫌を取った方がいいという提案も断って……」

「それには感謝しております。ただ、時間が遅いのでお付き合いいただくのが申し訳なく……」

「そんなのなんてことないわ。行くの？　行かないの？　私、ひとりでも行くわ。考えてみれば私だって、親戚の方のご機嫌を取っておいて損はないものね」

　ぐいぐいと迫るように言われてしまい、とても断れるような雰囲気ではなくなった。

　そして結局は奈緒と一緒に行くことにした。奈緒を怪しむ気持ちがあったことは否定できないが、奈緒になにかよくない考えがあったとしても、なかったときに彼女の機嫌を損ねることの方が嫌だと考えたのだ。

ふたりは人目につかないように藤崎家の裏門から出て、町とは反対の方向、山の方へと進んでいった。

冬の淡い夕陽が空から消えようとしていた。今日は空が曇りがちで、日が傾けばすぐに暗くなりそうだった。気持ちは急くのに、奈緒のすぐ近くだという言葉とは裏腹に、まだたどり着きそうにない。

「あの、奈緒さん。一度引き返して明かりを持ってきた方がよいのではないですか？」

「引き返すよりも行った方が早いわ」

そう強硬に言ってずんずんと進み続ける奈緒を置いて自分だけ帰るわけにはいかず、そのまま奈緒について行った。

色を失い、風に吹かれて揺れる木々がまるで大きな化け物のようだった。木々の擦れる音も、化け物たちの囁きに聞こえる。足許もよく見えなくなってきた。このまま進み続けることへの不安に震える。

「あの……もしかして湊山の方に向かっておりませんか？」

ふと気になって奈緒の背中に話しかけると、奈緒は立ち止まって振り向いた。

「そうよ、どうして？」

「藤十郎様から、湊山は禁足地だから近づかないようにと言われております。……いいのでしょうか？」

「大丈夫よ。私たちは藤崎家の人間なんだし、湊山は藤崎家の持ち物なのだから」

「そうなのですか……？」

「そうよ。湊山にある白凰神社にも毎年すごいお金を寄進しているんだから。私たちが少し入っただけで文句を言われるようなことはないわ」

「その……文句を言われると畏れているのではなくて、氏神のご機嫌を損ねてしまうのではないかと危惧しているのですが」

　せつなは言うが、奈緒は取り合わずに再び歩き出してしまった。今からでも山を下りたい気持ちだったが、ここにひとり置いていかれたら帰り道が分からない。奈緒の背中を追いかけていくしかなかった。

　すぐに着く、と言われたのに山間の道をかなり長い時間歩いた。

　山の中腹ほどにある木々の間に囲まれたその場所にたどり着いたときにはすっかり周囲は暗くなっていて、もし白い山茶花が咲いていてもその色もよく見えないのでは、と思われるほどだった。

「あの……ここでしょうか？」

　なにやら嫌な気配が漂っていた。

ここだけ空気が重いような気がする。枯れ葉や枯れ草を踏む音がかさかさと響くが、それすらも不穏に感じる。

「そうよ。ほら、ここにあった。見てみて」

見ると奈緒は木々が途切れたその場所にしゃがみ込み、真ん中辺りにあるなにかを覗き込んでいるようだった。

そんなところに山茶花が？　と思うが、とりあえず奈緒の所まで歩いた。

「ほら、見て。ここよ」

奈緒は立ち上がってせつなに場所を譲った。

訝しげに思いながらしゃがみ込んで見ると、そこは地面に亀裂が入ったような窪みになっていた。ごつごつとした岩肌が見えるが、そんなところに山茶花が咲いているのかと不思議だった。

「……どこでしょうか？」

「よく見て、そこに……」

その途端に背後から衝撃を感じて、せつなはそのまま窪みを転げていった。

「……！」

突然のことに声を上げることもできずにみるみる転げ落ちていき、地面に思いっきり腰を打ち付けてしまった。

かなりの痛さに、一瞬息ができなくなってしまう。頭がくらっとして、血の気が引いてきた。しばらくその場にうずくまり、痛みに耐えて呼吸を整えることしかできなかった。

やがて頭上から声が響いてきた。

「……騙して悪かったとは思うけれど」

奈緒の声だ。騙したとはどういうことかと思うが、上手く頭が働かない。

「しばらくここに居てもらうわ。寒いけれど、凍え死にはしないでしょう」

冷たい言葉に、じわじわと絶望が広がっていく。

「……これは……これは一体どういうことでしょうか？」

「説明しているような時間はないわ。私ももう戻らないといけないから。とにかく、しばらくここにいなさい」

奈緒はそう言うと、せつなが落ちてきた穴を板かなにかで塞いでいった。そしてそこに重いものを置いたような音が響く。大きな岩かなにかを板の上に置いたのかもしれない。

そして、奈緒の足音は遠ざかっていってしまった。

なにも分からず痛みと寒さに震えるせつなは、身じろぎひとつすることができずにその場に留まることしかできなかった。

藤十郎がその文を見つけたのは、いなくなったせつなを捜して屋敷の周囲を歩き回ってから、一旦部屋に戻ってきたときだった。

この文はせつながいなくなったと気づき、屋敷の中を捜したときにあっただろうか。

突然現れたような文に不信感を覚えつつ、畳まれた文を開いてひと目見るなりせつなの筆跡だと分かり、そしてその切実な内容に胸が痛んだ。

（そんなことを考えて辛い思いをしていたとは……。どうして俺に言ってくれなかったのだ。いや、言えるはずがない。俺の家族に関わることだから、余計に）

ならばもっと気遣ってやればよかったと後悔するが、今更遅いと胸に苦い思いが広がっていく。

その文にはしばらく実家に戻ると書いてあった……が、それは本当だろうかと疑った。

せつなは実家では座敷牢に閉じ込められており、もうそんなことをした父はいないが、母もおらず、兄は結婚しており、その兄の邪魔になるから実家に戻ることはできないと聞いていた。

なので、実家に帰ることは考えづらいのだ。

もしかして、実家に帰るとはこちらの気を引くための嘘で、心配して捜しに出たところで現れるつもりなのか、とも疑うが、せつながそんな小賢しい事をするとは考えづらい。

（誰かの入れ知恵があった……可能性はあるが、奈緒さんか？　様子がおかしかったとは聞いたが。せつなともよく話していた様子で）

とにかく、せつながいなくなったということに間違いはない。どこかで事故にでも遭って、と考えていたが、この文を見ると自ら姿を消したのであって、そんな心配がないことにまず安堵する。だからと言って大人しく待つような気にはもちろんなれない。

しかし、どこを捜していいかは見当も付かない。

とりあえず、せつなの実家がある萩原へ向かうべきだろうかと考える。ならば早いほうがいいだろう。

（もしせつなが見つかったら責めずに、とりあえずは迎え入れないといけない。お祖母様にも母上にも父上にもくれぐれも言っておかなければ……）

とにかくせつなに早くこちらに戻ってもらい、正月は一緒に過ごしたい。

そんなことを考えながら支度を進めていった。

どうしてこんなことになったのか。

四方を闇に包まれた不安に苛まれながら、せつなは寒さに震えていた。

師走も終わりの寒さである。

加えてせつなは地べたにぺたりと座り込んでいて、どんどん地面に体温を吸われている気がする。動こうにも腰が酷く痛んでなかなか難しい。そして、どうやら足首を捻ってしまったらしい。歩くのも難しいだろう。

空の雲が流れたのか、奈緒が塞いだ板の隙間から月明かりが落ちてきた。

そのおかげで周囲の様子が少しだけ分かった。すぐ近くに格子が嵌っており扉が閉まっている……どうやらここは洞窟の奥に作られた牢のようだった。なぜこんな山の中に牢が、と不思議で仕方がない。扉には古びた半紙のようなものが貼ってあるようだが、なにが書かれているか、よく確認できない。格子扉の向こうはどこまでも闇が広がっている。

(実家に居たときに閉じ込められていた座敷牢みたいだわ)

そう考えると涙が滲みそうになる。一人ぼっちで、外のことなどなにも知らずに過ごしていた過去が蘇ってくる。

(それにしても……私をこんなところに閉じ込めるほど奈緒さんは私のことが邪魔だったの？　それに気付かなかったのは……本当に私が迂闊だったわ)

友達なんて居たことがない。

家族のぬくもりも知らない。

そんなせつなにとって、義理とはいえ妹の奈緒がこちらに気を向けてくれたことがなにより嬉しくて、藤崎家で過ごすときの支えになってくれていた。考えてみればおかしく思うこともあったのだが、わざとそれを見ないふりをしていたのかもしれない。

こんなところに閉じ込められたのも悲しかったが、それよりなにより奈緒がこちらを気遣ってくれた全てが偽りであったことが、せつなの心を苦しめていた。

（ここからなんとか抜け出したとして……奈緒さんが居る藤崎家に戻るのはなかなか勇気がいるわ）

せつなは穴の上部から差し込む月明かりを見つめながら、白く凍るため息を吐き出した。

「……ふん、こんな状況で寝ているとは、さすがに肝が据わっているとでも言うべきか」

せつなは不穏な気配に目を開けた。

頬に冷たい感触を抱く。頬だけでなく、右半身が冷たく凍ったように感じる。どうやら、痛みと寒さに気を失うように寝てしまっていたようだ。

どこからか声が聞こえたようだったが、気のせいであろうかとゆっくりと身体を起こして周囲を見回した。いつの間にか月は隠れてしまったらしく、真っ暗でなにも見えない。

「ああ、起きたのか」

せつなはびくりと肩を震わせながら、見えない闇へと目を凝らした。何者かの気配を近くに感じる。

「そんなところに閉じ込められて……。情けないな」

ふっと侮蔑するように笑ったその声は、どこかで聞き覚えがあった。

「あなたは……」

姿も見えない者へと話しかける。

「忘れたか？　会ってからまだ間もないが」

その言葉に記憶を辿る。確かに最近聞いたような声である。

「この声は……ソラネ……と名乗ったあやかし？　あのとき山の中で会った……」

まさかこんなところに現れるとは思ってもいなかった。どうして自分の居場所が分かったのか、と疑念が生まれる。

「そうだ。それにしてもこんなところで会うとは思わなかったな。どうした？」

そう問われ、せつなは口ごもってしまう。奈緒に閉じ込められたことが悲しくて、それをまだせつなの中で受け止めきれていない。

「まあ、聞くまでもない。また人間に閉じ込められたのだろう？」

愉快そうに言うソラネに、せつなは答えない。

「そうか、あやかしだと知られてしまったか」

「そうではない……のだけれど」

「なににしても人間などそんなものだ。残酷で、容赦ない。こんな冬の日にお前のような若い女を閉じ込めるなど。見れば怪我もしているようではないか」

こちらからは見えないのに、ソラネにはこちらのことが見えているのだろうか。

先ほどよりは痛みは和らいでいたが、まだ立ったり歩いたりが難しいと思えるほどの痛みがあった。

「よほどおぬしのことを恨んでいたようだな」

まるで勝ち誇ったような口調に引っかかりを感じながら、そうだったかもしれないと心は騒ぐ。

「……恨まれているなんて。私はなにもした覚えはないのに」

「あるいは単にお前の存在が目障りだっただけだろうな。だから排除しようとした」

「そんな……」

せつなは力なく項垂れることしかできない。

「……そうか、あの女、妾が手を下すのを待てずにこんなことを……愚かな。どちらにしても一度願ったことは取り返しがつかないというのに」

ソラネは暗闇の中で笑っているような気配があった。なにも知らない分からないこちらとしては、不快感が募っていくばかりだ。

「ああ、そうだな。教えてやろう。あの女は、妾に願ったのだ。明日の朝までにお前を亡き者にするように、と。お前の名を告げ、居場所を告げ、なにを引き換えにしてもいいから、とな」

「そんな……まさか。あの奈緒さんが、そこまで私を恨んでいたの？」

「ああ、間違いない。奥沢(おくさわ)の外れにある藤崎家にいる、せつなという名前の女を明日の朝までに亡き者にして欲しいと願い、妾はそれを承知した。それが今日になってこんなところに閉じ込めるとは……どうやら、妾を信じられなかったのか、あるいは自分の手を汚してでも直接恨みを晴らしたいと思ったのか」

ソラネが嘘をついている可能性もあった。

だが、奈緒がせつなを突き落として牢に閉じ込めたという事実は変わらない。

奈緒はなぜそんなにせつなが憎かったのか分からないが……ひとつ考えられるとしたら奈緒は妾(めかけ)の子である亨一の妻であり、せつなは次期当主の藤十郎の妻であるという違いであろうか。しかしそれは変えられないことであるし、せつなにはどうしようもない。だからこそ余計に恨みを募らせたのだろうか。

「妾はそんなお前を哀れに思い、あの家から連れ出そうとしてやったのだぞ。だが、お前はそれを断った」

「まさか、そんなことが……」

「まったく、人間とは残酷なものだな。……妾もかつてこうして閉じ込められていたので、よく分かる」

　ソラネの声色が僅かに曇ったような気がした。今までの強気な発言からの違いに、思わず問い直してしまう。

「あなたもかつて閉じ込められていた……どういうことなの？」

「妾もおぬしと同じじゃ。妾も人間とあやかしの間に生まれた子だ。人間共からバケモノだと罵られて長い時間を過ごした。初めは妾の力を賞賛し、神だなんだと崇めていたというのに、自分たちの都合が悪くなるとそれを忌み、排除しようとした」

　吐き出すように言うソラネの様子に、かなり辛い思いをさせられたことは想像に難くなかった。もしかしたら自分もそうなっていた可能性もあるし、これからそうなる可能性もあると考えてしまう。

「……どうだ？　妾と一緒に来る気になったか？　人間のことなど見限って」

「そ、それは……」

　すぐさま断ることができないのは、せつなの中に迷いがあるからだろう。人の間で生きよう、藤十郎と一緒に生きようと決めたはずなのに。奈緒のことがあり、藤崎家のことがあり、このままやっていける自信がなくなっていた。

「あんな家など捨てて、あやかしとして生きればいい。家とのかかわりなんて捨てて、自由に生きるのだ」

それは今のせつなにとって甘美な響きを持っていた。そうできたら楽かもしれない、と考えてしまう。

しかし、藤十郎の顔が頭に浮かぶと、それはいけない考えだという方向に気持ちが傾いていく。

もし藤十郎と会う前だったら、藤崎家で寂しく夫を待っていたときならば素直にソラネに付いていったかもしれない。しかし、今は違う。せつなには守ってくれる人がいて、そして守りたい人がいる。

「……ですが、私はやはり人間の世で生きたいのです」

「嫌われ疎まれているというのに、まだその場所に留まると言うのか？　それはお前が辛いだけではなく、周りも不幸になるのではないか？　お前が幸せになるために、周りを不幸にするのか？」

そんな言われ方をすると弱い。

確かに自分のような嫁ではなく、きちんとした育ち方をした女性を藤崎家の次期当主の妻として迎えた方が藤崎家のためではないかと考えてしまう。

（でも……藤十郎様は……）

藤十郎はそんなふうにせつなが身を引くことを由としないだろう。それに、どんなに彼の家族に嫌われても、藤十郎はせつなのことを妻だとしてくれている。今も、突然消えた自分のことを捜してくれているだろう。それを考えると、彼を裏切ってあやかしとして生きるなんてとてもできない。

「なんと言われようと、私はこの生き方を変えるつもりはありません」

きっぱりと言うと、ソラネは一瞬言葉に詰まったようだが、すぐに言う。

「強情な女だ。妾はお前の幸せのために言っているのに……！」

「私の幸せは私が決めます……！」

今こそははっきりと言い切った。

人の顔色を窺うところがあり、なにを言うのも遠慮がちだったせつなだったが、この言葉ははっきりと言い切ることができた。

「……ちっ、お前の力があればことが容易く運ぶと思ったが……」

ソラネは聞こえるか聞こえないか、小さな声でそう呟いた。

なにを言ったか、と聞き返そうとしたところでソラネは洞窟の壁をがんっと叩いた。

「もういい！　お前は身動きひとつとれずにここに留まり、なにもできずに大人しく死を待てばいい」

「ちょ、ちょっとお待ちください！　それはどういう……」

「お前にはもう用はない。明日にはこの洞窟は崩れ落ちるだろう。それに巻き込まれて死ねばいい」

「明日崩れる……とはどういうことでしょう？」

周囲はごつごつと堅そうな岩に囲まれており、簡単に崩れそうな洞窟には思えない。人や、あやかしの力で崩すのも難しいだろう。

「お前は味方に引き入れたら役に立つだろうが、敵に回ったら厄介そうだからな。本当は端からあの女の願いを叶える気などなかった。お前を利用しようと思っていたのだが、難しいようだ。ならばあの女が望んだように、お前はここで死ねばいい」

「それは……死を願われた私が言うのもおかしな話ですが、なんでも願いを叶えてやると嘘をついたのですか？」

「ああ。妾はただここから出たかっただけだ。なんでも願いを叶えてやるからここから出せ、と言ったら、愚かにもあの女はそれに応じた」

そこまで聞いてようやく思い出す。

藤十郎は白凰神社には先祖が封じたあやかしがいると。ここは白凰神社がある湊山だ。知らずに奈緒に連れて来られたが、もしかして近くに白凰神社があるのかもしれない。

「少しお待ちください。あなたはまさか……」

「邪魔といえばおぬしの夫も邪魔だな。あの者、あやかし祓いの力を持っているだろう？」

ソラネの問いにせつなはわざと答えなかった。なんだか、とても悪い予感がしたからだ。

「なんとかあの男もここにおびき寄せて、おぬしと一緒に閉じ込められればよいのだが」

「な、なにを言っているのですか？　この上藤十郎様にまで手を出すとは……！」

「そうだな、最後にお前の願いも叶えてやることにするか。お前もどうせならばひとりで死ぬのではなく愛する夫と一緒に死にたいだろう？」

「私はそんなこと望みません……！」

きっぱりと言い切ったが、ソラネは答えない。

「遠慮せずともいい、妾には分かっておる。……そうか、そう考えるとあの女もよくやってくれたな。邪魔な者をいっぺんに始末できる」

「邪魔、とはどういうことですか？　私たちは……」

「それはお前が知る必要はない」

嘲るように鼻で笑って、ソラネの気配は遠ざかっていった。

暗闇の中で残されたせつなには不安だけが残る。

(なにをするつもりなのかしら……？　ソラネは人間に恨みを持っているようだし……もしかして人に危害を加えるようなことを？)

ここは大人しく従うふりをして牢から出してもらい、ソラネの狙いが分かったところで逃げ出して藤十郎にそのことを知らせた方がよかったかもしれないが、今更遅い。

もしソラネがなにかしようとしても、藤十郎がいるからきっと大丈夫、と心に言い聞かせようとするが、一抹の不安は消えない。

(藤十郎様に、伝えなければ……。ソラネのことも、藤十郎様に話しておけばよかった。もし彼女が藤十郎様をこちらに連れてこようと企んでいるならば、その前に)

なんとかここから出られないだろうか。

せつなは洞窟のごつごつとした岩肌に手をつきながらなんとか立ち上がった。

その途端に腰と脚に激痛が走るが、痛みが少ない左脚と、腕の力で壁沿いに進み、格子扉に手をかけた。その途端に。

「……きゃっ!」

身体にびりっと痛みが走り、手を引っ込めた。

なんだろうと思って暗闇に目を凝らす。たまたま手を置いたところに虫かなにかがいて、それに噛まれたのだろうかと考えるが、そうではなかった。どうやら原因は、この格子扉に張られた半紙のようだ。

よくよく見ると、それはお札であるようだった。

あやかし避けのお札だろうか。だからせつなが触ったら痺れたのだろう。もう一度、恐る恐る手を触れると、また痛みが走った。木の格子扉のようだから、なんとかして壊せないかと考えたが難しいようだ。

ならば壁を這(は)い上がって、落ちてきた穴から、と考える。岩肌に手と足をかけながらなんとか這い上がれるような高さではあったが、この怪我(けが)をしている状態ではなかなか難しそうだ。

「一体どうしたら……」

せつなは力なくその場に座り込んだ。

「あの……藤十郎様。少しよろしいでしょうか？」

支度を調えてせつなを捜しに出掛けようとしたとき、不意に使用人の女性に声をかけられた。彼女はなぜか周囲の様子を神経質なほど気にしている。

「どうかしたのか……？」

「いえ、実はせつな様のことで……。いなくなった日のことですが、奈緒様と一緒にいるところを見たのです」

「奈緒さんと？」

それ自体は別におかしなことではない。ふたりはとても親しくしていて藤十郎も奈緒とせつなが一緒にいるところを何度も見た。

「それで……夕方近くになってからふたりでお屋敷を出られるのを見まして。それから、奈緒様はおひとりでお戻りになったようですので、おかしいなと思っていたのです」

「いやしかし、奈緒さんにもせつなの行方を知らないかと聞いたが、心当たりはないと」

「ええ……ですから、私の見間違いかと思い、今まで言い出せなかったのです……」

そう言って俯いた彼女は、恐らく奈緒がなにか知っていて隠しているのではと疑っているのだろう。

「申し訳ありません、もっと早くに話せていればよかったのですが」

「いや、いいのだ。立場上、もし間違ったことを言ったとなったら大変なことになると思ったのだな」

「ええ、左様です。奈緒様はその……機嫌がよろしいときはいいのですが、不意に怒って理不尽に使用人に当たることが……と、失礼しました。今言うべきことではありませんでした」

確かに奈緒には気性が荒いところがあると亨一にも聞いていたので、この使用人が恐れている気持ちはよく理解できた。

（そういえば俺も、ついこの前使用人たちに脅しをかけたばかりだったな……）

そんなこともあって藤十郎にも言い出しづらかったのかもしれない。ひとりの使用人になにか言うと、それは使用人全員に伝わるようなものだとは分かっている。

「奈緒さんに聞いてみる……と言いたいところだが、素直に話してくれるかどうか」

「ええ……その、奈緒様は藤十郎様たちがこちらに戻られてからいつも以上に神経質になられているようですので、下手に刺激しては」

「分かったよ、ありがとう」

「はい。早くせつな様が見つかるといいですね」

女性はそう言い残して立ち去った。

その後ろ姿を見ながら、これはなかなか複雑な問題になったと頭が痛かった。

(奈緒さんに聞いても素直に答えてくれないだろうな。たとえ脅したとしても口を割るまい。そうなると、自力で捜さないといけないことには変わりはないが)

もしかして奈緒がそそのかして実家に帰るなんて文をせつなに書かせたのかもしれない。そして、ふたりで共謀してせつなは実は一時どこかに身を隠していて、時期を見て出てくるなどということならばいい。だが、そうではない、なにか嫌な予感がしてならなかった。

(せつなについてはもう充分に聞き回った。今度は奈緒さんについて聞いて回ったら、なにか分かるかもしれない)

藤十郎は屋敷から出ると、奥沢の町へと下りていった。

「藤十郎様の奥様が、ですか？　いえいえ、まさか。こちらの山にそんな方がいらっしゃるはずがないでしょう？」

白凰神社の宮司はなにを馬鹿なことを言い出すのかという態度であった。

藤十郎は宮司とがらんとした本堂の床に座って話していた。

なぜ白凰神社に来たかと言えば、それは偶然とも言えることだった。

奥沢の町でせつながいなくなった夜に、奈緒が湊山の方からひとりで歩いてくるのを見たという話を聞くことができた。

もしかして奈緒になにかの企みがあって、せつなを湊山に連れて行ったのかもしれない。

そんな可能性を考えていたときに、一緒にせつなを捜していた犬のシロが、不意になにかを感じ取ったように湊山へ向けて走り出したのだ。これは、せつながそちらに居るということだろう。シロはせつなの式神であり、主人の気配には人一倍鋭い。以前、せつなが行方知れずになったときにその場所を示してくれたのもシロである。せつなを捜すには他に手がかりはない。これはなにかある、と確信して藤十郎は湊山を登っていった。

そして白凰神社の者たちにせつなを山のどこかで見かけなかったかと聞こうとした。白凰神社には神職を目指している者がいて、ときには山に入って修行をすることもあるだろうからだ。

だが、いざ白凰神社を訪れると……このありさまで、必要以上にそっけない対応をされ面食らってしまうほどであった。

「では……せつな……我が妻らしき者は見かけていない、と」

「ええ、もちろんです。こちらは禁足地ですよ？　用もないのに立ち入るような者はいません」

それは重々分かっているが、湊山へ入るには高い塀があるわけでもなく、見張りの者が常に目を光らせているわけでもない。立ち入ろうと思えば立ち入れる場所であるのだ。

「それはそうなのですが。神社の者に聞いていただけませんか？」

「いえ、言った通りこの山は禁足地です。誰かが侵入したということであれば、私に報告があるはずです」

「なるほど。ですが、人を見かけたという直接的なものでなくとも。いつもと違うなにかを見たとか、不審な物音を聞いたとかでも」

「いいえ、そのようなこともないでしょう。奥様も、誰も、こちらにはいらしていません」

まるで取り合わないような態度が気になる。藤十郎はしばし考えた後、思い切ってとあることを口にした。

「では話を変えましょう」

宮司の目をまっすぐに見つめながら続ける。

「こちらに封じていたはずのあやかしですが、どうやら困ったことになっているようですね」

するとと宮司の目がすっと細められた。

「……急になにを言い出すかと思えば。変わったことはなにもありませんよ」

白凰神社の宮司は腕を組み、なにをとんでもないことを言い出しているのかといった様子で藤十郎を見つめた。

藤十郎はせつなを捜している湊山を登っている途中で、今まで故郷では感じたことがない不穏な気配を感じたのだった。

まず思いついたのは白凰神社に封じられているあやかしが目覚めたのではないか、という可能性だった。

そうして白凰神社では胸が苦しくなるような禍々しい気配を感じた。神社内もなにか慌ただしい雰囲気が漂っていた。

「本当に変わったことはないのですね？　たとえば、封印が弱まってなにかおかしなことが起きている、ですとか」

「なにも変わりありません。あのあやかしを監視するのが我らの役割です。もしなにかあればすぐに藤崎家に知らせに行くという決まりはまだ生きておりますし」

藤十郎は奥沢を離れるときにはここを訪れたし、小さな頃から馴染みがある場所だ。壮年の宮司とも顔なじみで、以前会ったときにはこんな頑(かたく)なな態度を取ることはなかった。なにかある、と、鈍い者でも考えるだろう。

「……それならいいのですが。なにやら不審な気配を感じて」

「藤十郎様が並外れた能力を持っていることは承知しておりますが、なにかの気のせいではないですか？　あるいは、他のあやかしがこの辺りに潜んでいるですとか」

「なるほど、それは考えていなかったな」

「ええ。こちらはなんの変わりもありません。藤崎家のご先祖様がその力を尽くして封じたあやかしなのですよ？　しばらく目覚めることもないでしょう」

そう言う宮司の口の端が僅(わず)かに震えていることを藤十郎は見逃さなかった。なにかあったのではないか、と予感は確信に変わっていく。

「それは安心しました。ところでせっかくこちらに来たのです。例の祠(ほこら)の様子を確かめたいのですが」

「そんな急に言われましても……」

「急に、と言うがそんな準備が必要なことではないでしょう？　ただ、祠を見て帰るだけです」

そんな簡単なことを、という態度で藤十郎は言うが、宮司はじっと眉根(まゆね)を寄せて、睨(にら)むような目つきで藤十郎を見つめた。痛いところを突かれた、という様子だ。

「……今日はお引き取りいただけませんか？」

「なぜですか？」

「年末のこの時期です。神社の者が慌ただしくしております。蔵の掃除などもしておりまして、そんな乱雑なありようの中を、藤十郎様を案内するなんて。正月が終わった頃にもう一度おいでください」

まったく納得できない理由だった。

だが、どうしてもあやかしが封じられている祠を見せたくないのだろうことはよく分かった。それで充分であると考えた。

「……そうですね、急に訪れて変なことを言い出して申し訳ありません」

あっさり引くようなことを言うと、宮司は明らかに安堵したような表情を浮かべた。

「いえいえ」

「正月を過ぎたら、改めて参ります」

藤十郎はそのまま立ち上がり、本堂から門へと向かって歩いていった。

そこにもわざわざ宮司が付いて来た。丁寧な見送りだと思う以上に、監視されているように感じる。通りすがる神職たちも、なにやら意味ありげな視線をこちらに向けているような気がした。

（やれやれ、困ったものだな）

藤十郎はゆっくりと閉じられていく大門の気配を背後に感じながら、待たせていたシロへと近づいた。シロは心配げな表情で藤十郎を見つめ、ぱたん、ぱたん、とゆっくり尻尾を振っている。

例のあやかしを封じている祠へは、神社の奥院からしか行けないのだ。奥院に地下へと続く階段があり、そこから地下道を抜けていくしかない。

（無理やりに白凰神社の敷地内に侵入する……にも、ここは自然の要塞のようで、背後から侵入するのは難しい。この高い壁を、見張りの目を盗んでよじ登るのもどうか……）

さてどうしたものかと頭をかきながら、神社の者たちの目を欺くために一旦白凰神社から離れた場所へと歩いていった。しかし、その途中で。

「あの……もし」

背後から声がかかり、藤十郎はそちらを振り向いた。

するとそこには見知らぬ女性が立っていた。

ひと目見るだけで目を逸らせなくなる、特徴的な白い髪の女性だった。白といっても老婆のような白髪ではなく、神の使いである白馬のように輝く白色の髪である……それは色の識別がよくできない藤十郎でも分かった。色味が違う。瞳も黒ではなく、別の色をしている。人間の姿をしているがそうではないのだろうと分かるような容貌だった。

そしてそれを裏付けるように彼女からは隠し立てできないほどの妖気が漂っている。この気配は、かつて感じたことがある。そのときはもっと弱弱しいものだったが、今はその存在をしっかり感じられるものだった。

「もしかして、どなたかお捜しですか？」

遠慮がちに話しかけてきたが、そこにこちらの様子を窺うような気配があった。

「ああ、そうだ。妻を捜している」

「奥様を……」

「それより、お前は何者だ？　なんの目的でこちらに話しかけてきた？」

急に鋭い口調でそう言われて戸惑っているような表情を浮かべていたがそれも一瞬のことだった。

「おや、どうやらなにか気付いたようだね。まあ……この姿では奇妙に思われても仕方がないがな」

今までは意識して声を変えていたのだろうか？　若い女性の声からしわがれた声になった。

「ああ、妻を捜している途中でこんな大事に出くわすとは思っていなかった」

藤十郎は腰の剣に手をかけた。故郷に居る間もひとときも離したことがない、あやかし斬りの剣である。

「こちらも、まさかお前の方からのここちらへやって来るとは思ってもいなかった」

「……どういうことだ？」

「まあ、それはいい。妾は知っている、お前の妻の居場所を、ね」

そうしてこちらを試すような視線を向けてくる。

「お前が誘い出して閉じ込めたのか？」

「いいや、違う。奈緒、とか言ったか、藤崎家のもうひとりの嫁の差し金だ。あの女、お前の妻を亡き者にしようと妾に願い、牢に閉じ込めた」

「お前に願ったとはどういうことか？」

「ゆっくり話したいところなんだが、急いだ方がいいんじゃないのかねぇ？　酷い怪我をしていた。ああ、言った通り妾がしたんじゃないよ。あの女の仕業だ」

「奈緒さんが……？」

正直そこまでするとは信じ難いことだった。しかも牢に閉じ込めるとは一体どういうことかと疑念ばかりが広がっていく。

「あんたの妻は、奥院の地下にある牢にいるよ」

「……なぜそんなことを俺に教える？」

「親切に教えてやっているのに、まさか文句を言われるとは思わなかったねぇ」

「それに、お前はどうしてこのようなところに居るのだ？　お前は我が祖先が封じたはずのあやかしだな……？」

そう言い当てられて、彼女は怯んだようだった。そこまで気付かれるとは予想していなかったのだろうか。

「……気配で分かる。かつてあの祠で感じた気配だ」

「そうか、それは厄介だねぇ。また封じてやるなんて言われそうだ。捕まる前に立ち去ることにしよう」

そう言った途端に不審なあやかしの気配はふっとかき消えてしまった。

瞳を閉じて神経を集中して気配を探るが、まるで掴むことはできなかった。逃がした者がせっかく目前に現れたのに捕らえられなかった不甲斐なさを恥じるが、今更手の打ちようがない。

(……先にせつなを捜した方がいいか……なにやら罠のような気がするが、だからと言って放っておくわけにはいくまい)

そうして藤十郎は振り返り、白凰神社の高い塀を見つめた。

先ほどの宮司の態度からして、彼はなにか知っていそうだった。その上で藤十郎を遠ざけたのだろう。しかしこちらにはどうあっても侵入しなければならない理由ができた。ならばやるしかないと覚悟を決めた。

(しかしできるだけ穏便に……と考えるのは甘いのだろうか？)

藤十郎はしばし迷った後、神社の裏手へと向かって歩き始めた。

せつなはなす術(すべ)もなく牢の中に座っていた。

夜が明けると穴を塞(ふさ)ぐ板の間から光が差し込んできて周囲の様子がよく見えるようになったが、不安は募るばかりだった。近くに大きな壺(つぼ)が割れたような破片が転がっているが、もしかしてあそこにソラネが封じられていたのだろうか。そんなことをぼんやりと考えてしまう。

もう昼を過ぎて夕方近い時刻だろうか。腹がすき、そして喉(のど)が渇いてきた。

そしてこの冬の寒さの中で、どんどんと体力が奪われていくことを感じていた。このまま助けが来ない状態で身体が何日もつだろうか。いや、ソラネは今日までの命だと言っていたから、そんなことを考えても無駄だろうか。

(奈緒さんが思いなおして助けに来てくれる……と願いたいけれど無理かしら……それか藤十郎様が見つけてくれることを願いたいけれど、ここにたどり着くための手がかりなんてなにもないわよね……)

絶望的な気持ちで項垂(うなだ)れていると、不意に洞窟(どうくつ)の向こうから足音が響いてきた。

身を固くして足音が近づいて来るのを待っていると、おかしなことに人の足音に交じってもっと軽やかな足音が響いてきた。これは……動物かなにかの足音だろうか？　そちらの足音の方がより早くこちらに近づいて来るようだった。そしてそれを追うようにもうひとつの足音が。

そして間もなくして。

「シロ！　それから、藤十郎様っ！」

洞窟の向こうに藤十郎とシロの姿を認めて、せつなは勢いよく立ち上がった。その途端に腰と脚が痛んだが、そんなことを気にしている場合ではなかった。

嬉しさのあまり扉に駆け寄って……そして扉に触ってしまって鋭い痛みに手を引っ込めるが、それでも扉から離れることはしなかった。

「せつな……よかった……」

藤十郎は格子扉を摑んで、その先にいるせつなのことを見つめた。

やはりこれはあやかし避けの札であるのだろう。藤十郎は普通に格子扉を摑んでいる。

「とにかくここから出て……実は人目を忍んでここまで来ているんだ」

藤十郎はそう言いつつ扉を引くが、錠前が引っかかって扉は開かない。

「これは……ちょっとやそっとでは開かなそうだな」

藤十郎はなんとかして扉を開けようとするが、扉は頑として開かなかった。体当たりをしてみても無駄であった。

「さすがは言い伝えのあやかしを閉じ込めていた牢だ、頑丈に作られている。鍵がないとどうしようもなさそうだ。宮司をなんとか説得して、鍵を開けさせるしかないのか」

そう言いながら、藤十郎は扉についていた札を剝がしていった。すると、せつなが扉に触れても先ほどのような痛みは感じなくなった。

「札は剝がしてしまってよかったのですか？」

「ああ、ここにいたはずのあやかしはもう逃げたようだから、別に問題ないだろう」

「ソラネ……ですね」

やはりソラネがここに封じられていたのだ。牢の中に残された壺を見つめる。

「ソラネ、という名なのか。先ほど会った。白い髪の女性だった。ここにせつなが居ることを教えてくれたのも彼女だったのだが……」

「ああっ、そうでした！　ここはもうすぐ崩れるのです！」

「……なんだって？」

「ソラネがそう言っていました。なぜ崩れるのかは分かりませんが……。私と一緒に藤十郎様も閉じ込めて、一緒に始末する、と。ですから、藤十郎様だけでも早く逃げてくださ い……！」

「しかし、せつなひとりをこんなところに置いて行くわけにはいかない」

「ですが、牢は鍵がかかっていて開きません。本当に洞窟が崩れるのか、ソラネの虚言なのか分かりませんが、今は早く藤十郎様だけでも……」

そう言いかけたちょうどそのときだった。

遠くから地響きが聞こえてきたかと思った次の瞬間、大きな揺れが洞窟を襲った。

「きゃっ」

身体が持っていかれてしまうような強い揺れだった。洞窟の天井からぱらぱらと石が落ちてくる。

これは、本当にここは崩れてしまう。恐怖に怯(おび)えながらせつなは藤十郎に目を向けた。

「藤十郎様だけでも逃げて！　さあ……！　早く！」

そう必死の声を上げることしかできなかった。

◇◇◇

「達樹がいなくなったって……！　一体どういうことなの！　もっとよく分かるように話して！」

おろおろする乳母を前にして、奈緒は大声で喚(わめ)いていた。

奈緒が客間に飾る花を生けているときだった。

乳母が突然部屋に飛び込んできて、息を切らせながら、達樹がいなくなったと告げた。

奈緒はなにを言われているか分からずにぼんやりとしてしまい、その場に一緒にいた花恵が乳母に仔細を話すようにと促したのだ。

　ぐずって泣いている達樹を背負ってあやしながら中庭を歩いているうちに、ふっと背中が軽くなり、気付いたら達樹がいなくなっていたというのだ。

　その意味の分からない説明に奈緒は頭にカッと血が上り、そして大きな声を出してしまった。

「まあまあ、奈緒、落ち着きなさい」

　花恵に窘められるが、奈緒は止まらなかった。

「適当なことを言って！　達樹をどうしたの？　これ以上隠し立てをすると承知しないわよ！」

　奈緒は乳母に飛び掛かって引き倒し、その頬を平手で思いっきり叩いた。

　達樹がいなくなったなんて、そんなことは信じられなかった。しかもそんなよく分からない説明をされて、受け入れられるはずがない。

「奈緒、止めなさい。ちょっと、誰かいないかい？」

　花恵の呼びかけに使用人たちがやって来て、乳母から奈緒を引き剝がした。

　そして、大丈夫かと使用人に話しかけられている乳母に腹が立つ。確かに頬が赤く腫れてしまっているようだが、今はそれどころではない。

「奈緒様、信じてください！　本当に急に消えてしまったのです！」

「まだ言うか！　そんな小賢(こざか)しい嘘を！」

奈緒は取り押さえられながらなおも叫んだ。

「本当です！　本当に、神隠しにでもあってしまったようです」

「か、神隠し……」

その言葉を聞いた途端にすうっと背筋が寒くなり力が抜けた。

もし本当にそうだとしたら、奈緒には心当たりがあったのだ。

乳母は泣きながら、なおも続ける。

「人ではない、あやかしかなにかに攫(さら)われてしまったとしか……。周りには誰もいませんでしたし、建物に囲まれたあんな場所で急にいなくなるなんて。誤って抱っこ紐(ひも)がほどけて地面に落ちてしまったのかと慌てて捜しましたが、そんな形跡はありませんでした」

「……お前が嘘をついて、達樹をどこかに連れて行ったのではないのか？」

花恵が冷静に言うが、乳母は首を横に振って必死に訴え続ける。

「違います！　近くにいた下働きの娘に言って、すぐに坊ちゃんを捜して回りました！　私が連れ出したなんて……そんなことは決してありません！　みんなそう知っているはずです」

すると、騒ぎを聞きつけてやって来たのか、使用人の女性たちが語り始める。

「ええ、間違いありません……。いなくなってすぐに一緒に捜しました」

「どこかへ連れ出したようなことはないと思います……。私たち、達樹坊ちゃんのぐずる声を聞きながら台所仕事をしていたのですが、その声が急に消えて……」

「今も捜していますが、一向に見つからなくて」

奈緒は絶望的な気持ちになり、自分を取り押さえている手を払って、自らの腕で自分を抱きすくめるようにして床の上にうずくまった。

なんということだろう。

まさかこんなことが現実になるなんて、信じられない。

「……よく分からないが、とにかく達樹がいなくなったことに間違いない。まったく、せつなに続いて達樹までいなくなるとは、一体どういうことなんだか……とにかく、すぐに門を閉めて屋敷中を捜すんだ。中からも外からも誰も出すんじゃないよ」

花恵の号令に、使用人たちが動き始めた。

奈緒はその場にうずくまったまま動けなかった。顔を真っ青にして、ぶるぶると震え続けた。

「ほら、あんたがそんなことでどうするんだい？　さっさと達樹を捜しに行かないかい」

「はい……」

花恵に叱咤(しった)されても、身体は動かない。

そうこうしているうちに使用人たちが戻ってきて、次々と花恵に報告していく。

「今、使用人全員に声をかけて捜させています」

「……敷地の周りを捜したのですが、見つかりませんでした」

「蔵の中まで捜したのですが、猫一匹見つかりません」

「お屋敷の中もひととおり捜し終えましたが、見つかりません」

そんな報告を聞くにつれて、どんどん絶望的な気持ちになっていった。

どうしてこんなことになったのか。

そんなことばかりを考えて、ただ震えていた。愚かな願いをこの身に宿したばかりに、我が子を失うことになってしまうなんて。自分が代わりになれたらいいのにと、そんなことばかり考えてしまう。

不意に肩に手を置かれた。

なにかと思って見るとそれは亨一だった。彼はいたわるような視線を奈緒に向けて、ゆっくりとひとつ頷（うなず）いてから、皆に呼びかけた。

「……こうなったら、町の人たちの力も借りて捜した方がよさそうだねぇ。日が暮れたら捜すのは難しくなるだろう」

使用人たちが頷き合っているのを見て、奈緒は堪（たま）らなくなって叫んだ。

「そんなことをしても無駄です！　達樹はきっと神様に攫われてしまったのですから。もう戻ることはないでしょう……！」

そして奈緒はわっと泣き伏せた。

近くで、どういうことか、と囁く声が聞こえるが、奈緒はその声を掻き消すように泣き続けた。

もうおしまいなのだ。達樹が戻ってくることはない。

そんな絶望感に苛まれていた。

「奈緒、それはどういうことなんだ？　なんでもいい、心当たりがあるならば話してくれないか？」

こちらを刺激しないためなのか、ゆったりとした口調で冷静に話す亨一に、少し落ち着きを取り戻した奈緒は、たどたどしい口調で話していく。

「私……知らなかったの。まさかこんなことになるなんて」

「こんなこと、とは達樹がいなくなることか？」

「確かに言われたわ、お前の大切なものと引き換えだ、と。でも、それが達樹のことなんて思わなかった……」

「誰と約束したんだ？」

「分からないわ。お札を授かりに白凰神社へ行ったときに、本堂の離れにある建物の地下に祠のようなものがあって……その中に神様が閉じ込められていて」

「神様だって？」

亨一が眉根を寄せる。

「ええ……自分でそう言ったの。声が聞こえたのよ……なんでも願いを叶えてやれる、と。自分の名を名乗り、住んでいる場所を告げれば、と。そして願いを言えば、自分が大切なものと引き換えにその願いを叶えてやる、と」

そして、せつなを亡き者にして欲しいと願った。

するとその神様は、その者の住み処を告げるように聞いてきたので伝えた。すると、日付を伝えられ、その日その場所にいるせつなという人物を亡き者にしてやろうと言った。

「願いを叶えるためには、その神様を祠から出さなければならなかった。そこの中には大きな壺があって、そこから出せばいいと思って……祠の中に入って壺を割って……」

祠……とはいうが、後から考えるとあれは牢であるように思う。

牢の扉には錠前がかかっていたが、なぜか鍵はかかっていなかったので容易に外すことができた。その代わりに扉にはお札のようなものが貼ってあったが、それがなんなのか奈緒には分からなかった。

そして壺にも同じようなお札があったが、奈緒は気にせずに壺を割った。

その途端に壺からなにかが飛び出して来て、扉から走り出して行ってしまった。それがなんだったのか、奈緒は姿を見ていない。

呆（ほう）けているうちに、自分が元来た方から足音が聞こえてきた。不審に思った神社の者が来たのかもしれない。

神社の者に自分が神様を解放したと知れたらあまりよいことにはならないだろうと感じた奈緒は、牢の天井に空いた穴を見つけて、そこからなんとか這（は）い上がったのだ。

その途端に、錠前が閉じるような鈍い音を聞いた。やはり牢の鍵は誰かが閉め忘れていたのだろう。

せつなをどこかにやろうと考えたとき、自分が這い上がって出た穴から落としてそこに蓋（ふた）をすれば、とりあえず牢の中に閉じ込められるだろうと考えた。安易な考えだったが、それしか思い浮かばなかった。

「それから何度もそのことを夢に見た……。必ず願いを叶えてやる、と……」

だが……奈緒は途中で怖くなったのだ。

よくよく考えればせつなは憎いが、殺したいほどではない。せつなを陥れるためではあるが、あれこれ話しているうちに彼女がそんなに悪い人ではないと分かったし、なにも彼女が悪くて亨一が当主となれないわけではないと思いなおした。せつながいなくなってくれれば、というのはただの八つ当たりで、そんな自分の一時の感情でせつなが本当に死んだらどうしようと畏（おそ）れたのだ。

それに、せつなは今までの自分の苦労を分かってくれていた。こんなことができるのは奈緒しかいないと言ってくれた。それが飛び上がるほど嬉しくて、せつなを亡き者に、ななんて願った自分を恥じたのだ。

だから、願いが叶うという日の前日に、藤崎家からせつなを離して、あの神様がいた牢に閉じ込めた。他にせつなを隠せる場所を思いつかなかった。

そのときには奈緒も薄々感じていた。あの神様は神様であっても邪神であり、なにか咎があって神社の地下に封じられていたのだと。

そんな者を閉じ込めていた牢なのだから、そこにせつなに居てもらえばあの神様も手出しができず、安全だと考えた。しかもそこは神社の敷地内にあるのだ。危ないことはなにもないだろう、と。もし神社の者に見つかって咎められたとしても、責められるのは自分だけで、せつなに害は及ばない。むしろ、自分のような者に騙されて閉じ込められて気の毒だと言われるだけであろうと。

穴から落ちたときに怪我をしてしまったようで申し訳ないと思ったが、今日を乗り切ったらすぐに迎えに行くつもりでいた。

「それは神様なんかではない、あやかしだね」

花恵がはっきりと言い放った。

「あやかし……ですか？」

「神様が交換条件なんて持ちかけるものかね？　その者が神だと名乗ったのならば、騙されたのだろう」

「それは……薄々気付いておりましたが……ですが、願いを引っ込める方法も分からず」

「それで、なにを願ったんだい？」

「それは……」

奈緒は口ごもった。

そんなことを口にしたら、不興を買うことは目に見えていた。

「……まあ、いい。今確かなことは達樹がいなくなったことだ。捜さないといけないな」

亨一は立ち上がり、部屋から出て行こうとするが。

「およし！　もう無駄だよ！　達樹は帰ってこない」

ぴしゃりと言った花恵に、その場にいた者たちの視線が集まる。奈緒夫妻、番頭の柘植(つげ)、使用人たち……。花恵は深々とため息をついてから、やれやれと語り始めた。

「聞いたことがあるんだ、白凰神社にはとんでもないあやかしが封じられているとね。白凰神社がある湊山に近づかないようにと言われているのはそのせいさ。そのあやかしを封じるために、藤崎家は代々受け継いだ神通力(じんずうりき)を失うことになったほどの、厄介なあやかしがいる。奈緒、あんたはそのあやかしを解き放ってしまったんだ」

花恵にずばりと言われて、もう駄目かもしれないと奈緒は絶望感に苛まれた。

「お祖母(ばあ)様……そんな話は聞いたことがありませんが」

亨一が冷静な声を上げると、花恵はやれやれと首を横に振った。

「そんなことを言えば藤崎家の者も、奥沢の者もいたずらに怖がらせてしまうだけだ。それに、強い力で封じてあるからこの先数百年は目覚める心配はないと言われていた。長い時間をかけてあやかしの力が失われていくのを待って、そして祓(はら)うつもりだったのさ」

「確かに、藤崎家にはかつてそのような術師が多く生まれていたと聞いていましたが」

柘植が言うと、花恵はああ、と頷いた。

「凶悪なあやかしだよ、かつて村をひとつ滅ぼしてしまったほどのね。そして言葉巧みに人を騙す。奈緒はそれにまんまと騙されたようだ。今は生憎(あいにく)藤十郎が留守にしている。まったく、家出した嫁を捜しになんて、放っておけばそのうち戻って来るだろうに」

せつなが昨夜から戻らず、藤十郎はそれを捜して朝一番に出掛けてしまっていた。使用人たちも一緒に捜すと言ったのを断り、まずは自分が捜してみて見つからなかったら頼むと言って、ひとりで行ってしまったのだ。

もし藤十郎がせつなの実家に向かったのならば、今頃奥沢とはかなり離れた場所にいるだろう。

「藤十郎が戻れば、なんとか手立てが考えられるかもしれない。なにしろ、藤十郎はまるで先祖がえりのように強いあやかし祓いの力を持っていて、京でもそのような仕事をしているようだ」

「あの……それは難しいかもしれません」

奈緒は項垂れつつ、弱弱しい口調で話していく。

「あの、せつなさんがいなくなったのは私のせいなのです。それを知ったら藤十郎さんはお怒りになって……きっと私のお願いなど聞いてくれないでしょう」

奈緒はせつなを亡き者にして欲しいと願ったのだ。そんな状況で自分の子を救って欲しいなんて言えるだろうか？　奈緒は涙ながらに説明していった。花恵も亨一も表情ひとつ変えずにこちらを見ている。言葉なく責められているように感じて、もう消えていなくなりたくなった。

「そうか、そういう事情だったか。なら残念だね、達樹は諦めな」

「…………」

奈緒は涙で言葉を発することができないまま、素直に頷いた。

なにもかも自分が悪いのだ、とここにきてようやく理解した。知らずに禁忌に触れてしまった。だが、本当は以前に忠告されていたことだった。自分はそれを怒りに任せてすっかり忘れてしまっていた。

「いえ、ですが。いなくなったということはどこかにいるのでしょう？　願いはなしにしてもらって、達樹を返してもらえば」

亨一の言葉に、花恵は首を横に振った。

「そんなの無駄だよ、あやかしに攫（さら）われたんだ。もう命がなくなっているかもしれない」

「いえ、でも捜します」

　亨一は強情に言い、その場にいた者に呼びかけた。

「無理にとは言わない。だが、私はあやかしの仕業だからと、こちらに非があったからと、そんなに簡単に我が子を諦めたくはないのだ」

　亨一は一旦（いったん）言葉を句切ってから立ち上がった。

「協力してくれる者は門前に集まってくれないか？　まずは居場所が分かっているせつなさんを助けに行き、それから達樹を捜しに行く。途中で藤十郎兄さんと合流できればいいのだが……難しいかもしれないな。でもきっとこのことを知れば藤十郎兄さんは協力してくれる。後でなんとしても詫（わ）びなければならないが……どんな事情があっても困っている人を見捨てるような人ではない」

　その亨一の表情は頼もしく、奈緒が今まで頼りない、不甲斐（ふがい）ないと思っていた夫とは違うものだった。

「達樹のためだ、やれるだけのことはやろう」

「けれど……私のせいで」

「その話は後だ。今は達樹を捜そう」

　そっと奈緒の肩に手を置いてから、亨一は部屋から出て行った。

◇◇◇

揺れが収まってからしばらくて、せつなは恐る恐る身体を起こした。

「……大丈夫か、せつな？　怪我は？」

格子越しに藤十郎が話しかけてきた。大きな揺れだったが幸いなことに洞窟が崩落することはなかった。

「ええ、私は大丈夫です。藤十郎様は？」

「俺は大丈夫だ。それより……道は塞がれてしまったようだな」

「ええ……」

牢の周囲も岩が落ちてきたが、それは小規模なもので済んだ。問題は牢の向こう、出口の方だった。壁が崩れて道を塞ぎ、通れそうもない。

「本当に洞窟が崩れるなんて……。ソラネはとんでもない力を持っているあやかしだったのですね」

牢の格子を挟んで、できるだけ近くに寄り添うようにふたりで座っていた。

「異変に気付いた神社の者が助けに来てくれることを願うか……。差し当たっては動きようがないな」

藤十郎は一旦崩れた洞窟の天井を確かめてから、こちらへと戻ってきた。崩れてきた岩で隙間なく道が塞がれていて、向こう側へ行くのは難しいとのことだった。

「では聞かせてもらうか。なにがあったか。——だいたいは想像がついているところもあるのだが。とりあえず、脚を痛めているように見えるが」

「はい、脚だけではなく腰も。実はそちらの穴から落ちてきて……」

せつなは穴を見上げてから、藤十郎に今までのことを説明していった。あまり気が進まなかったが、奈緒のことも隠さずに話した。彼女を悪者にしたくなかったのだが、そもそもはせつなが藤十郎にきちんと自分の悩みを話せなかったのでこんな目に遭ったのだ。藤十郎を信頼して、全てを話すべきだろうと判断した。

「そうだったのか、よく話してくれた……。では、恐らくこの文を部屋に置いたのは奈緒さんだろうな」

そう言いつつ、藤十郎は懐から文を取り出した。

「そ、それは燃やしたはずの文ですが……どうしてそこに？　藤十郎様、お読みになったのですか？」

焦って声がうわずってしまう。もしかして、燃やしたと見せかけて奈緒が差し替えたのだろうか。

「ああ、そうだな」

「誰にも見せるつもりはなかったのですが……」

そう言いつつ、文の内容を思い出していくと背筋が寒くなる。自分の醜い心を晒してしまったような気持ちだ。

「そんな大した内容の文だとは思えなかった。まったくお祖母様らしいし、父上らしい。それから母上のことはまったく気にしないでいい。そもそも病弱な母上を放って、仕事だと家を離れている父上が悪い。せつなのせいで母上の具合が悪くなったなんて、八つ当たりもいいところだ。こんな言い方をすると誤解されそうだが、母上という人がいるのに外に子供まで作って。今回も仕事だというが、行った先で女遊びでもしていた疑いが濃い」

「あの……そうなのですか？」

「ああ、家の恥になるようであまり言えなかったのだが、父上はそういう人なのだよ。あちこちに女を作って。どこに隠し子がいてもおかしくない」

そうか、藤十郎も自分の家に不満があったのかと思うと少し心が軽くなった。

「そんな家で申し訳ない。嫁いできたことを後悔したかもしれないが……」

「いえいえ！　そんな、とんでもないっ。私は藤崎の家が好きなのです。だからこそ、自分を認めてもらいたいと思っているのに、それができずに不甲斐なく……」

「そんな急ぐことはない。嫁いだ家に馴染むには何十年もかかるという家もあるというから」

「……そのようなものなのですか？」

「人から聞いた話ではあるが。誰しも苦労をすることのようだ。だから、そんなに思いつめる必要はない」

自分が特別駄目だからと思い込んでいたが、どうやらそういうものではないらしい。よくよく考えてみればそうかもしれない。家にはそれぞれに伝統や習慣があり、それに馴染んでいくのはなかなか大変なことだろう。今まで自分が普通だと思っていたことが嫁いだ家では普通ではないということもあるだろう。

もっと早く藤十郎に話していればよかったのだ。夫を信頼しきれなかった自分を恥じた。

「私……奈緒さんに恨まれているとはまったく気付かなかったです……それが情けなくて」

せつなはしょんぼりと肩を落とした。

「いやしかし、なぜ奈緒さんはせつなをこんなところに閉じ込めたのだ？」

「え……？」

「ソラネにせつなを殺して欲しいと願ったのならば、その願いが叶うのを待てばいいではないか」

「ええ、そうなのですが……。ソラネはそれを待ちきれなかったのではないか、と」

「本当にそうなのか？　なにか他の理由があるのではないか？」

せつなも少々奇妙に感じていたことだった。一度願ったことなのだ。もしそれが願わなかったら別の手段に出ることも考えただろうが、奈緒はソラネに今日この日にせつなを亡き者にすると言われていたようだ。それを待たずに？　と、どうしても考えてしまう。

「ところで……ソラネはどのようなあやかしだったのですか？」

せつなが尋ねると、藤十郎はああ、とひとつ頷いた。

「ソラネは、とてつもない力を持っていた。先読みの力を持っていたのだ。その力で洞窟が崩れることも分かったのかもしれないな」

そして藤十郎はソラネについての仔細を話してくれた。

かつて、神通力を持った娘がとある村に居た。

彼女は未来を見通す力を持っており、天狗と人間との間に生まれた子だとされていた。おかげで村は旱魃を前もって知り充分な用意ができて救われたり、鉄砲水が起こることを知って難を逃れたりできた。

娘は村人たちに神が遣わした巫女とされ、大切にされていた。

しかし娘はその力ゆえにだんだんと村人に疎まれるようになってしまう。

娘の力は確かだった。

誰かが病に倒れるだとか死ぬだとか、不幸な、そして避けられない未来まで言い当てていった。娘は自分の力を示したかったのか次々と予言をして、それは人々を怯えさせた。

やがて、それは予言ではなく娘が起こしているのではないかと言い始める人が出る。それに同調する村人は日を追うごとに増えていき、遂には村人のほとんどが娘を禍を呼んでいるとみなすに至る。

神が遣わした巫女は、村に禍を呼び込む忌まわしき娘となった。

そしてその娘は、殺したら更なる禍が村に襲い掛かると恐れた村人によって牢に閉じ込められてしまったというのだ。

「そんな……酷い話です……。最初は有り難がっていたのに、自分たちの都合が悪くなったら牢に閉じ込めて……」

「確かに酷い話だ。だが、ソラネも酷いのだ。閉じ込められていた牢から逃げ出した後、自分が住んでいた村人全員を殺してしまった」

「え……」

「しかも聞くに堪えない酷い方法で、だ。そもそもソラネは人とあやかしの娘であったのだが、生贄を捧げることで邪悪なあやかしと取り引きをして人であることを捨ててあやかしとなり、更なる力を手に入れた。その力で村人たちを残らず捕らえ、山の中の神社の木にひとりひとり縛って食事も水も与えずに野ざらしにした」

それは想像もしたくないような地獄だろうと背筋がぞっとした。風雨に晒されて動くこともできず、ただ自分の死をゆっくりと待つことしかできないのだ。

「そして、村の子供は残らず自らの手で殺した」

「酷い……けれど、考えてみたら子供にだけは少したりとも情けをかけたのでしょうか……？　長い時間苦しむよりもいっそ……」

「そうだな、親の前で、親がどんなに子供だけは助けて欲しいと懇願しても、ひとりひとりなぶり殺したそうだ」

「…………」

　せつなは言葉を失った。

　そんな酷い事をできるなんて、信じられなかった。ソラネは人間は自分本位で残酷な生き物だ、と言っていたが、そんなことを言う資格は彼女にはない。

「分かったか？　そういう者なのだ。手のつけようのないあやかしだったのだ」

　そんな酷い事をしたあやかし。ソラネがまたなにをしようと企(たくら)んでいるのか不安になった。なにしろ自分を閉じ込めていた村人たちを酷い方法で皆殺しにしたのだ。長い間こちらに自分を封じ込めた恨みで、またなにをするか分からない。

　と、そこまで考えて、せつなは不思議なことに気付いた。

「あの……こんなことを考えるのはおかしいかもしれませんが。なぜ村人は皆殺しにされたのに、ソラネが酷い方法で村人を殺したと伝えられているのでしょう？　おかしくないですか？」

「なるほど、それは考えたこともなかったな。確か……誰かがソラネの所業を訴えて、遠くの村から藤崎家の噂を聞いて助けを求めに来たというふうに伝え聞いているが……」

ソラネが自分はどんなに恐ろしいあやかしかと誇示するために自分の所業について誰かに話したのだろうか。考えられなくもないが違和感がある。

藤十郎も同じ違和感を覚えているようで、腕を組み、じっと俯いた。

「……それは後から考えることにして、とにかくソラネがここから逃げたということは、大変なことだ。なにか企んでいるのかもしれない」

そこまで言われてはっと気付いた。そうだ、ソラネをこのままにしておくわけにはいかない。

「ソラネは人間を憎んでいました。かつて酷い目に遭わされたと……牢に閉じ込められて、バケモノと罵られて、辛い目に遭ったのだと。酷い……あやかしで、手がつけられなかったことは分かりましたが……。それでも私はソラネのことを憎みきれません」

「どんな事情があったとしても、やったことはそれ以上にむごいことだった」

「ええ……それは承知していますが」

だが、元は自分のように人とあやかしの間に生まれた者ならば、人もそう悪いものではないと分かって欲しかった。そんなことは今更望んでも無駄なのだろうか、とも思うが。

「……まあ、せつなの気持ちも分かる。俺もずっとそう思っていたから」

「ええ……こちらに来る途中でお話ししておられましたね」

「ああ。今ならば、ソラネを祓う力もあるかもしれないと思った。だが、それよりも前にまさかこんなことになるとは……」

藤十郎は首を大きく横に振った。

誰かがソラネを目覚めさせて、そしてこの牢から出したのだろう。一体誰が、と思うが今のところ一番疑いが強いのは奈緒である。どうしてそんなことをしたのか、そんなことをできたのかは、本人に聞かないと分からないが。

「俺たちをこんなところに足止めにして、なにかするつもりなのかもしれないな。これはゆっくり助けなど待たずに、なんとか逃げ出す手段を考えた方が良さそうだ」

「藤十郎様が牢の中へと入れれば、こちらの天井に空いた穴から外へ出ることもできそうですが。板で塞がれておりますが、藤十郎様ならばなんとかできるでしょう。私は怪我をしていて難しそうです」

「牢を開けるには鍵がないし。なんとか牢を壊すしかないか」

そんなことを話しているときだった。洞窟の出口の方からなにやら音が響いてきた。

なにかを強く叩くような音だった。もしかして、外側から崩れた岩や土砂を取り除いてくれているのかと期待していると、間もなく岩が崩れてこちら側とあちら側が貫通した。

そして、そこにはつるはしや木槌を担いだ男たちが居た。この洞窟が崩れたと知り、やはり助けに来てくれたらしい。

「……ああ、やはりな。宮司から話を聞いて、きっとここに居ると思っていた」

そこにはすらりと背が高い男が立っていた。

「……もしかして右京（うきょう）か？　どうしてここに……？」

奥沢の郊外で一度会ったことがあった、やはり彼は藤十郎の幼馴染（おさななじ）みの右京だったのだ。そのときは藤十郎の姿を見てか立ち去ってしまったのでなにか遺恨を持っているのかと思ったのだが。

「いや、藤崎家の次期当主には恩を売っておいた方がいいと思って助けに来たのだ」

そう言って笑った彼には、なんの恨みも後ろ暗いこともないように思えた。

「そんな冗談を言うようになったのか。昔は話すよりも飛び掛かってくるような野生児だったのに」

そして気楽に応じる藤十郎は右京に会えたことが嬉（うれ）しそうで、ふたりの間には昔から続く絆（きずな）を感じることができた。

「ああ、そんな昔のことを覚えているとは厄介だな。それはともかく、お前が来たことで上は大騒ぎでね。どうやってあやかしを逃がしたことを隠匿するかという相談で忙しかったようだ」

「やはり、宮司殿はあやかしが逃げたことを知っていたのか……」

藤十郎が苦々しい表情で言うと、右京は小さく頷いた。

「どうやら昨日になってあやかしが逃げ出したと発覚したらしい。下っ端の俺がそれを知ったのはついさっきなのだが。そして、この地震が来たものだから、これはなにか祟りではないかとおおわらわだ。その大混乱の隙をついてこれを奪ってきた」

右京は懐から鍵を取り出して、不敵な笑みを浮かべた。

そして藤十郎を牢の前から一旦どかし、牢の錠前に鍵を差し入れた。鍵は鈍い音を立てて難なく開いた。

「藤十郎様……」

せつなは牢から出るなり藤十郎に抱きついた。

つい先ほどまで奈落の底に突き落とされたような気持ちだったのに、こうして助け出されたことに歓喜し、やはり彼を信じてソラネに付いていくようなことはしなくてよかったと心から思う。藤十郎を信じていれば間違いないのだと、いよいよ確信した。

「よかった、せつな。とにかくここから早く出よう」

そしてせつなは藤十郎に背負われ、右京に先導されるように洞窟の出口へと向かった。

右京と一緒に土砂を崩してくれたのは、彼と懇意にしている者たちとのことだった。

「……俺はお前に恨まれていると思っていた。まさか助けに来てくれるとは」

藤十郎が右京の背中に話しかけると、

「そうだな、俺は藤崎家の大事な跡取りを怪我させてしまったせいでこんな辺鄙(へんぴ)な神社に入れられてしまったわけで」

　その言葉とは裏腹に、口調は明るいものだった。

「しかし、お前のこととは関係なしに俺は乱暴者だったから、両親も持て余していたんだろう。俺の行く末を心配したのだと思う。白凰神社に来てからしばらくはお前ではなく両親を恨んだが、今では感謝している」

「将来は商人になって、商船を買って手広く商売をやりたかったのではないのか？」

「そんなの子供の頃の戯言(たわごと)ではないか。いま言われるまで忘れていたくらいだ」

「だが、俺の姿を見かけて逃げただろう？　だからてっきり俺のことを恨んでいるのだろうと」

「恨む？　とんでもない」

　右京はこちらを振り向いて、顔の前で大きく手を振った。

「あれはお前の奥さんだと……恐れ多くも藤崎家の若奥様だと知らずに話しかけて、気軽に家まで送っていこうかなんて言ってしまったので、我ながら軽率だったと後悔したんだ。また両親を心配させては、と胸をよぎった。それにお前も迎えに来たようだし、俺は用なしだったから」

　そのような事情だったとはせつなは思い至っておらず、それは藤十郎も同様だったようで、酷く安堵したような表情となった。

「……誰しも天から与えられた役割があるように思う。俺は神職が自分に与えられた仕事だと思っている。お前は藤崎家の当主ではなく、京で別の仕事を持っているようだな」

「ああ、そうだな」

「優しいと評判の藤十郎坊ちゃんが実家のことを放ってまでそちらを取ろうとしているならば、それがお前が天から与えられた役割だからかもしれないな」

「…………。そう思う」

右京のことは藤十郎も気にしていたようで、こうして帰郷している間にわだかまりがなくなってよかったと思う。今度、奥沢で右京とばったり会うようなことがあったら、幼馴染みの気楽さできっと昔話に花が咲くのだろうと予感した。

そんな会話をしながら洞窟の出口までやって来ると、そこからは神社の敷地内になるようで階段があった。

その階段を五階分ほど上がると今度は格子扉が見えた。そこから建物内に入って、更に近くにあった扉から外に出て、神社の敷地外へと出てようやくひと心地つくことができた。

「助けてくれて礼を言う。ついでにもうひとつ頼まれてくれないか、右京」

藤十郎はせつなを背から下ろした。

せつなは閉鎖的な空間からようやく外に出られたと安堵し、思いっきり息を吸った。吸い込んだ空気は冷たいが澄んでいて、張り詰めていた気持ちが少々緩んだ。

「すまないがせつなを藤崎家へと送り届けてくれないか？」

「それは構わないが……お前は？」

「俺はあやかしを……ソラネを捜しに行く。なんだかとてつもなく悪い予感がするのだ」

それはせつなも同様であった。

ソラネはなにかをやろうとしている。それは人の命を奪うような酷いことのような気がする。

「では、私も一緒に参ります」

せつなは強い決意の下にそう言うが。

「なにを言う？　そんな怪我ではなにもできまい。大丈夫だ、俺を信用してくれ」

「それはもちろん信用しておりますが……！」

「では、右京、頼んだぞ」

そう言い残して藤十郎は駆けていってしまった。

それを追いかけようとしたが、すぐに脚が痛んで動けなくなってしまった。

こんな状態で一緒に行っても足手まといだと思いながら、心細く藤十郎の背中を見つめ、祈るように胸の前で手を合わせた。

第四章　深い恨みと切なる願いの果て

それは藤十郎を見送り、右京に付き添われて藤崎家へと向かおうとしていたときだった。

ふと、こちらへ向かって人が歩いているような音が聞こえた。それもひとりではなく、複数だった。湊山は禁足地とされていて、滅多なことでは近づく者はいないだろう。なにかあったのか、と右京と顔を見合わせ、その足音を待っていた。

眼下にある木の合間に十数人が歩いているのが目に入った。そして、その先頭を歩いているのは藤十郎の弟、亨一だった。

「……もしかしてせつなさん？　無事だったのですね、よかった」

いつも冷静で滅多に感情を露わにしない亨一が慌てた様子だった。

「ええ……それよりも、なにかあったのですか？」

「実は達樹の行方が分からなくなって……」

思いがけないことに、すっと血の気が引いた。

「なんですって？　いつのことですか？」

「それが……」

亭一はせつなに仔細を話していった。

せつなはまさか達樹が巻き込まれたとはまるで予想しておらず、言葉もなかった。

「それで、とりあえずはせつなさんを助けようと来ました。本当に申し訳ありません、奈緒が……」

「それはいいのです。それよりも達樹くんのことが心配です……。もしかしてソラネに……白凰神社に封じられていたあやかしに攫われてしまったのでしょうか」

今度はせつながこちらの事情を話した。どうやらあやかしのことは知っていたようで、すぐに事情を呑み込んでくれた。

「なるほど。そうなると恐らくは達樹はそのソラネというあやかしと一緒にいるのでしょう。無事ならばいいのだが……」

「藤十郎様が捜しに行ってくれておりますので、心配はないと思いますが」

「兄上が？　ならばひと安心だ。だが……」

亭一は言葉を濁す。

気持ちはよく分かる。自分の子がいなくなり、あまつさえ凶悪なあやかしに攫われた可能性が高い。

「こうなったならこちらも一緒に動きましょう。せつなさん、藤崎家に戻るのはもう少し後でも？」

「ええ、もちろんです」

右京は亨一と一緒に来た者たちと相談を始めた。

なんとか上の者を説得して、白凰神社の者たちを動かして達樹を捜そうということだった。そんな話を横で聞きながら、せつなは気が気ではなかった。

（お子さんがあやかしに攫われてしまったなんて……奈緒さん……きっと心が潰れるような思いになっているに決まっているわ。なにか、力になれることは）

せつなはそっとその場を離れて、怪我を押して藤十郎を追って歩き出した。

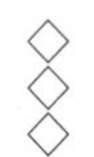

藤十郎はソラネの気配を頼りに、山の奥深い場所へと進んでいった。

もっと早くにどうにかするべきだった。ソラネのことは気にはしていたものの、先祖が強い力で封じているあやかしで、すぐにどうにかなるようには思っていなかった。

（しかし……奈緒さんがソラネを解放したような話だが、その前にソラネは覚醒していたと思われる。それは封印が弱っていたということだろうか？　一体なぜ？）

そんなことを今考えても仕方がないとは思いながらもついつい考えてしまう。

それから白凰神社のことも気になる。どうしてソラネが逃げ出したことを隠匿しているのだろうか。

ソラネは強い力で封じていたはずだ。その封印を解いた者がいるのか？　それは奈緒ではなく、別の、力を持った術師のような気がする。一体誰が、と考え出したら止まらなかったが、情報が少なくて答えを見つけるのは難しそうだった。

そんなことを考えながら山を登っていると、小さく、赤子が泣くような声が聞こえてきた。

どうしてこんなところに赤子の声が。

この山にはもちろん民家はない、禁足地である、子を背負って山に登るような者もいないだろう。藤十郎はただでさえ早足だった足取りを更に速めて、獣道をどんどん進んでいった。

やがて木々が広くあいた場所へとたどり着いた。

そしてその場所の中央に佇(たたず)む者の姿を見つけた。月明かりの下で輝く白い髪の女性、その者のすぐ側に赤子が横たえられている。

藤十郎は腰に下げた剣に手を当てつつ、警戒心を露わにしてソラネへと近づいた。

ゆっくりとこちらを振り向いたその顔は、こちらを嘲(あざけ)るように笑っていたのに、なぜか苦しさに歪(ゆが)んでいるように見えた。

「……なんと、あの洞窟から抜け出して来たのか？　では妻は見捨てたのか？」

ソラネはくつくつと笑う。こちらの神経を逆なでするような笑い方だ。

「いや、せつなは助けた。お前の思うとおりにはならない。……それより、その子はなんだ？　どこかから攫ってきたのか？」

「ああ、お前の家から、な」

「まさか……達樹……か？」

「そうだ。願いを叶える代わりにその者の大切なものをいただく。そういう約束だったからな」

ソラネは自分の足許で泣いていた赤子を抱き上げた。その途端に、泣き声は更に大きくなった。

泣き声が耳に刺さり、早く助けなければならないと焦りの気持ちが大きくなってくるが、ここでなにか少しでも事を仕損じては達樹の命などひとたまりもないと、心を落ち着かせるように努めた。

「……達樹を返してもらおう。その子にはなんの罪もない」

藤十郎は鋭くソラネを睨みながら言うが、彼女は怯んだ様子も見せない。

「お前はせつなの夫だ。そして、この子はお前の仇の子供なのだぞ？　返して欲しい、ではなく、殺して欲しいの間違いではないのか？」

「奈緒さんが仇だって……？」

「ああ、そうだ。あの女がせつなを殺して欲しいと望んだのだ」

「奈緒さんにはあれこれと聞きたいことはあるが、その子は関係ない。どうするつもりだ？」

「力を得るためには生贄（いけにえ）が必要なのだ。ちょうどいい生贄が手に入り運がよかった」

強い風が吹いて、周囲の木々をざわざわと揺らした。

その中に佇み長い髪を揺らすソラネは、恐ろしいあやかしのはずなのになぜか悲しく映った。

「……力を得るための生贄？　一体、なにをするつもりだ？」

「妾を長い間苦しめてきた人間共に復讐（ふくしゅう）をするためには力が必要だ。この辺りの者どもを皆殺しにする」

ソラネは勝ち誇ったように笑う。それを目前にした藤十郎は……怒りよりもなによりも、悲しい気持ちがこみ上げてきてしまった。

彼女もかつては人として暮らしていた。

先読みの力を持つ、あやかしとの間に生まれた子であったが、人と共に暮らしていたのだ。頼りにされ、そして村人が望むままに先読みをして、その結果疎まれてしまい、牢（ろう）に入れられ酷い扱いを受けた。

彼女にはなんの罪もないように思う。彼女は望まれたから先読みをしたまでで、人を傷つけるような気はなかったのだろう。先読みをしてもどうにもならない、避けて通れないことについては口にしなければよかったのだろうが、それは彼女に少し配慮が足りなかったというだけの話で、周囲がたしなめればよかっただけのことだ。ただ、それを教えてくれる者がいなかった。

その後の彼女の行いは庇（かば）うことは難しいが、他方、そこまで彼女を追い込んでしまったのは彼女を都合よく利用しようとした村人たちであることも間違いない。

「申し訳なかった……とは思う」

「……なに？」

「お前の力を都合のいいように利用して、そのために多くの恩恵を受けたのにそれを忘れて、お前を牢に閉じ込めて、バケモノだと罵（ののし）ったことは、申し訳なかったと思う」

藤十郎の言葉に、ソラネは明らかに怯んでいるようであった。

「……なぜお前が謝る？」

「人としての咎（とが）ならば俺にもあるだろう？」

「そんな……殊勝なふりをしても無駄だ。人として謝るだと？　そんなもの、妾に思い留（とど）めさせるように適当に言っているだけだろう？」

「そうか。それならば個人的な事情を語ろう。俺にはお前に謝らなければならないことがある」

「なんだと？」

ソラネの声が怒気を帯びる。思いもよらないことを言われて動揺しているようだ。やはり強がっているが元はか弱い女性だったのだろうと窺い知ることができた。

「俺の祖先がお前をあの牢へと封じたのだ」

「おお……そうだった！　お前の祖先のせいで妾は封じ込められ、長い間自由を奪われていた……！　その恨み、決して忘れることはない！」

「お前のことは……実は幼い頃から知っていた。祖父に連れられて、お前が封じられていた牢を訪れたことがあった」

当時、中庭でひとり遊んでいた藤十郎の元に祖父が突然現れた。

藤十郎にとって祖父は恐ろしい存在だった。背が高く、いつも眉根に皺が寄っていて、無口で、笑ったところなど見たことがない。

そんな祖父に不意に手を引かれ、屋敷から連れ出された。

決して近づかないように、と言われていた禁忌の山、湊山へと向かっていることに途中で気付き、怖くなって引き返したくなったがそれを言い出すことなんてとてもできなかった。見知らぬ山道をずんずんと進んでいく祖父に、もしかして自分はなにか悪いことをして、山に捨てられるのではないかと恐れたほどだった。

そしてたどり着いたのが白凰神社であり、ソラネが封じられている祠（ほこら）……牢がある洞窟だった。

「お前が……以前にあの牢に来たことがあるのか？」

「ああ。牢の中には壺（つぼ）があり、そこにあやかしが封じられていると聞いた」

そして、祖父は不意にここに封じられている恐ろしいあやかしの話をした。いつの日か、封印されたあやかしの力が弱まったとき、この世から消滅させるのが藤崎家の使命だと語った。藤崎家ではあやかし祓（ばら）いの力を持った者が生まれなくなってしまったが、藤十郎がその力を持って生まれたということにはなにか意味があるかもしれない。あやかしの力が弱まり、祓えるようになるためにはまだ時間が必要でそれまで封印は保たれるはずだが……いや、もしかしたら、お前がこのあやかしを祓う責務を背負って生まれたのかもしれないな、とも。

しかし、なににしても安易に祓おうとは思うな、とにかく恐ろしいあやかしであり、そのあやかしを監視するために白凰神社があるようなものなのだ。下手に手を出そうとするな、とソラネのかつての所業について聞かされたが、なぜか彼女のことを哀れだと思い、いつの日か救ってやりたいと思った。

「その牢から解放して……できることならばこの世でやり直させることはできないものだろうかと考えた」

「やり直す……だと？」

ソラネの顔が醜く歪んだ。

「なにを言う！　妾はやり直したいことなど……！」

「お前は人の世の醜いところを多く見てきた気がする。それだけではない、この世には素晴らしいところもあるのだと、それを見て欲しい」

「なにを言う？　この世は醜いところばかりだ。それが変わるものか……！」

ソラネは不意に藤十郎の方へと手を伸ばすと、彼女の足許にあった枯れ葉が舞い上がり、藤十郎へと向かってきた。

藤十郎は腰の剣を抜いて、それを残らず斬って捨てた。

「ふん……やはり京であやかし退治をしていたとは本当だったんだな。厄介なっ」

ソラネが大きく手を振り下ろすと、今度は藤十郎の足許にある土が大きく抉られた。それをすんでのところで避けて、近くの木の枝へと飛び移ると、続けざまに小枝が襲ってきた。

（もう……無理やりに祓うしかないのか？　ソラネが力を手に入れる前に）

人質が取られている以上、それしかないというふうに考えが傾いていった。

藤十郎は向かってきた小枝を避けて飛び降りると、間髪をいれずにソラネへと飛び掛かっていった。そして剣を振るうが、素早く避けられてしまった。

「くっ……」

藤十郎の一太刀はソラネの腕を傷つけたが、それはほんのかすり傷程度のものだった。

もう一歩、踏み込めなかったのはまだソラネを征伐することに迷いがあるからだ、と自分の不甲斐なさを思いつつも声を上げる。

「ずっとお前のことは気にしていた。俺の祖先が封じたとはいえ、それでお前に辛い思いをさせたのではないか。他になにか方法がなかったのか、あるいは、今からでも他の方法を取れないか」

「そんなことを言えば、妾が考えを変えるとでも思ったのか……？　他の方法だと？　妾が今更人のように生きられるとでもいうのか？」

必死に呼びかけるが、ソラネは傷ついた腕を見つめながら、ふんと笑った。

「もうお前が生きていた頃とは時代が違う。過去の罪は消せないが、それを胸にこれからはまっとうに生きることも……」

「まっとうに生きる、だと？」

ソラネは苛立ったように手を振り上げると、それを藤十郎に向かって放った。

淡い光を帯びた塊が藤十郎へと飛んで来たが、藤十郎は剣をふるってそれを難なく弾き飛ばした。

「……そうだな、お前の祖先も私に同じようなことを言った」

そう言いながら、ソラネは顔を歪ませた。

「だが、結局は妾をあの狭い牢に閉じ込めたのだ……！　お前も、そんな優しそうな顔をして、そんな優しげなことを言って妾を騙そうというのだろう。そうはいくか！」

急に強い風が吹き周囲の砂埃を巻き上げ、視界が塞がれているうちにソラネの姿が消えてしまった。達樹の姿もない。

「く……っ」

せっかく見つけたというのに逃してしまった。なんという失態だろう。ソラネの気配を探るが、上手く隠れてしまったようだ。一向にその気配を見つけることができなかった。

が、ソラネではない、別の気配を感じて振り返る。

「……藤十郎様！」

振り返って見るとそこにはせつなの姿があった。

せつなはこの寒い中、額に汗をうかべて、ほつれた髪が頬に張り付いているようなありさまで、痛んだ足を引きずりながらもこちらへと駆けてきた。

「せつな……どうしてここが」

そして彼女の背後にシロの姿を認めた。きっとシロがこちらへと導いてくれたのだろう。

荒く息を吐くせつなは、必死の思いでここまで来てくれた。こちらのことなど気にせずに家に戻ればよかったのに。

「……ソラネはどこに？　実は達樹くんが攫われて……恐らく彼女に」

「ああ、知っている。今までここに居たのだが、どうやら説得に失敗してしまったらしくてね」

「説得……お話し合いができたのですか？」

「ああ、少しはこちらの話に耳を傾けてくれたのだが……やはり、かなりの人間不信で一筋縄ではいかなかった」

藤十郎はせつなに事情を話した。話すにつれ、せつなの顔がどんどんと曇っていった。

「……いや、それにしてもまいったな。達樹を生贄にして力を得て、自分を閉じ込めていた人々に復讐するようなことを言っていた」

藤十郎はすっかり弱り切った様子で、辺りの様子を見回した。


せつながなんとか藤十郎を追ってここまで来て再会できたのもつかの間、思った以上にやっかいなことになっていた。困っている様子の藤十郎を見て、せつなはなんとか彼の力になれないものかと考えていた。

（なんの罪もない子を助けるのは第一として、藤十郎様の様子からやはりソラネのことをなんとかしてやりたいとの気持ちが捨てきれないようだわ）

もしかして、藤十郎はソラネをせつなと重ねているのかもしれない。

せつなだって一歩間違っていればソラネのようになっていたかもしれない。

「ソラネのことは……なんとしても止めないといけませんね。……少しお待ちください」

せつなはそう言ってしばし瞳を閉じた。

自分が持っている力を使うのが怖いと思っていた。だが、それで藤十郎の力になれるのならば、誰かの助けになれるならば躊躇する理由などない。

せつなは精神を集中して、ソラネの気配を探した。せつなのすぐ側にいたシロは空に向けて鼻を向けて、ふんふんとなにやら嗅ぎまわっているようだった。そして、わん、とひとつ吠えた。

「分かりました……。あまりに気配が大きすぎて、場所が特定できないだけでした。恐らく、ソラネはすぐ近くに居ます」

「すぐ……近くだと」

「はい、私にお任せください」

そう言ってから、せつなは更に精神を集中させた。

上手く出来るかどうかは分からない、あのときは……かつてあやかしに身体を乗っ取られたときには、咄嗟に力が爆発して、その弾みで自分が持つあやかしとしての力が湧き出てきただけだから。

（……でも、なんとかしないと、せっかく私を受け入れてくれた藤崎家の人たちも奥沢の人たちも巻き込まれてしまう……！）

そう考えた途端に身体に力がみなぎった気がした。

次の瞬間には身体が浮き立つような感覚に包まれ……精神が研ぎ澄まされた。

「せつな、その姿は……」

藤十郎に言われて気付く。

きっと以前のときのように、天狐の姿になっているのだろう。

頭には狐の耳が生え、ふさふさの尻尾が生え……ふと見た自分の手は金色の光で包まれていた。

「分かりました、そこです……！」

せつなは大きく手を振り上げて、一気に振り下ろした。

するとまるで黒い霧が晴れるように空間が切れ、そこにいるソラネの姿が露わになった。

小さく背を丸めていたソラネは、ぴくりと背中を震わせてからこちらを振り向いた。

「……ふん、まさか気付かれるとは……しかし、もう遅い！」

そう言った途端に、空が割れた。

本当に割れた、としか表現のしようがない。そして空の向こうに赤く燃えたぎるマグマのようなものが覗いていた。

「この赤子を生贄に捧げ、妾の願いを聞いてもらうのだ。……妾にかつてあったような力を……！　そして妾を閉じ込めていた者たちを殺す。あの神社の者も、妾を封じた藤崎家の者も、麓（ふもと）の村に住む人々も……！」

そしてソラネが指をくいっと上げると、それにあわせて地面に寝かされていた達樹が宙へと浮き上がった。

「……待って！」

せつなは駆け出し、達樹をしっかりと抱きとめた。

達樹はまるで空に吸い込まれていくように上がっていこうとする。それは凄（すさ）まじい力で、せつなまで一緒に浮き上がってしまいそうだった。

「……なにをしている？　まさか、その赤子を助けようとでもしているのか？」

「この子は……奈緒さんと亨一さんの大切なお子さんです。その子を生贄にするなんて……！」

「なにを言う？　その奈緒という女はお前を殺して欲しいと私に願ったのだ。そんな者の子を救おうと言うのか？」

せつなはなんの迷いもなく頷（うなず）く。

それを見て、ソラネは空に大きく響くような笑い声を上げる。

「お前はどこまで愚かなのだ！　自分を殺そうとした者を許そうというのか？」

「ええ！　そうです」

そう言い切ると、せつなの身体がいっそう大きな光に包まれ、ソラネの身体を吹き飛ばした。

「ぎゃあ！」

その叫び声と共に達樹を引き上げる力が一気に弱まり、せつなはその身体を抱きとめることができた。

「達樹くん……よかった」

呼びかけても反応はない。どうやら気を失ってしまっているようだった。一刻も早く奈緒の元へと戻してあげたいと思い、一層大切に抱えた。

「馬鹿な……！　自分を殺そうとした人間を許すなどと」

ソラネはよろよろと立ち上がり、信じられないという顔つきでせつなを睨み付けた。

「……ああ、せつなはそういう者だ」

藤十郎は静かに答える。

「それに、奈緒さんも自分の行いを後悔していた」

「……なんだと？」

思いがけないことだったのだろうか、ソラネの顔色がさっと変わった。

「後悔したからこそ、せつなを助けようとあの牢へと閉じ込めたのだろう」

「……ええ、あれから私も考えておりましたが、恐らくはそうではないかと」

せつなが頷くと、藤十郎は頷きかえしてきた。

「奈緒さんは、自分はなんということを願ってしまったのかと後悔して、せつなを守ろうとして牢へと連れて行ったのだ。そこならば安全であると考えたのだろう」

「ええ、今日という日を待ちきれなくなったのではないと思います……奥沢の外れにある藤崎家にいる、せつなという名前の女を明日の朝までに亡き者にして欲しい、と願った奈緒さんは、名前を変えることはできないからその日に私が藤崎家にいなければ願いは取り消されると考えたのでしょう。私を家から連れ出そうとした。それで、実家に戻るふりをしてどこかに身を隠しては、と勧めてきたのだと思います。ですが、私がそれを断ってしまったから」

それで客間に飾る山茶花(さざんか)を採るためにと嘘をついてこんなところまで連れてきたのだろう。あの牢は白凰神社にあるから、安全だと思ったのかもしれない。

「奈緒さんは自分の行いを後悔して、正しい事をしようとした……人間とはそんなものだ。お前には関係ない話だろうが、俺の幼馴染(おさななじ)みもそうだった。俺を憎んでも無理ないと思っていたのだが、逆に俺を助けてくれた」

藤十郎が言っているのは右京のことだろう。彼は恨みも怒りも上手く手放して、まっとうに生きているような気がした。せつなもそんな人でありたいと願う。

「まったくの悪人などいない。お前を牢に閉じ込めた村人たちは、本当にお前に辛く当たる者ばかりだったのか？　お前に優しくしようとした者はいなかったのか？」

「なっ、なにを言う……！　そんな者は！」

「人とは……本当に困ったもので、特に小さな村ではそうであるのだが、周囲と力を合わせないと生きていけない。自分の意見よりも他人に合わせることが美徳とされていて、なかなか反対だと言えない。お前もそんな村という小さな集団の中で悪意に晒されてしまったのだろう」

「そ、それがどうした？」

「お前を気遣ってくれる者は本当にいなかったのか？」

そう言ったとき、ソラネの目がはっと見開かれた。

なにかを思い出したように見えたが、ソラネは首を横に振る。

「そんな者は……いない」

「本当か？　ならばなぜ、見逃した者がいるのだ？」

「見逃す、とはなんのことだ？」

ソラネの声が震え、僅かに藤十郎から目を逸らした。痛いところを突かれた、とでも思っているようだった。

「村人たちを皆殺しにしたと伝えられているが、ならばなぜ村人たちにお前がなにをしたかが語り継がれているのだ？　それを見ていて、生き残った者がいたのではないか？」

「ええ、そうでした。私もそれが不思議だったのです」

なぜですか、と問いかけてもソラネは答えない。

「偶然お前が捕まえられなかった者がいた……可能性はあるが、執念深いお前のことだ、そんな取りこぼしはしないだろう。ならばわざと目こぼしした可能性が高い」

藤十郎が更に聞くと、ソラネは押し黙ってしまった。

沈黙が続き、やがて紡がれた言葉は弱弱しいものだった。

「そうだったな、ひとりだけ見逃した。あの人の……弟だ」

そう語りだしたソラネの瞳は、今までとは違う輝きを灯していた。恨みに血塗られたような瞳から、まるで人としての心を取り戻したような瞳へ。

「長く忘れていたが……不意に思い出した……閉じ込められていた妾を逃がしてくれようとしてくれた者がいた」

ソラネは首を大きく振る。その表情は今まで見たこともないほど曇っていた。

「だが失敗して……その者は他の村人に殺されてしまった……！　妾を助けようとしたばかりに！　だから妾は！　村人たちを罰しようと！」

その心情を思うと、せつなはなんとも言えない気持ちになった。もし自分が同じ立場だったらどうだろう？　人を殺めたことは肯定できないが、大切な人を失ったら自分も恐ろしいあやかしになってしまったかもしれない。

「では……あなたが村人たちを殺したのは、自分の恨みを晴らすためではなく、助けてくれようとした人の恨みを晴らすためだったのですね」

　せつなが静かに言うと、ソラネははっと顔を上げた。

「自分のためではなく、誰かのために……」

　ソラネは瞳を伏せ、今にも泣きそうな顔になった。

「それは……もしかしてそうだったかもしれぬ……」

「でも、その方法は間違っていました。その方は復讐などされても喜ばなかったと」

「なんだと！　妾がしたことが無駄だったとでも言うのか！」

　苛立って唇を噛むソラネに、せつなは静かに続ける。

「あの……もしかしてと思いますが、石岡という地名に心当たりはありませんか？」

　それは奥沢に向かう途中に立ち寄った宿場町の名前だった。

　ソラネの話を聞いていて、ふと思い出したことがあったのだ。もしかして、と迷いつつも口に出してみた。

「……ああ、知っている。住んでいた村の近くにあった」

「では、蘇芳神社という名前に心当たりは？」

「蘇芳だと？　それは妾が住んでいた村の名前だ……！　おぬし、なぜそれを！」

　慌てるソラネに、もしかしての予感はあたったのだと確信を深めつつ話していく。

「石岡にある蘇芳神社は、かつて大いなる禍があったときに犠牲になった人々の魂を鎮めるために建立されたそうです。そしてその敷地内にある祠は、ある男性の願いのために建立されたと聞きました。巫女と恋に落ち、駆け落ちしようとしたことを咎められて、殺されてしまった男性……それは、あなたを助けようとした人のことなのではないですか？」

「駆け落ち……？　そんなことは……」

「ええ、よくよく祠の石碑に書いてあることを思い出せば……駆け落ち、ではなく巫女であった女性と一緒に逃げようとしたと書いてありました。その女性とはあなたのことではないでしょうか」

なんていう偶然なのか。いや、運命に導かれているとしか思えない。

祠に奉られていた男性に、せつなが呼ばれたのだろう。自分の気持ちをソラネに伝えて欲しい、と。

せつなは石岡を離れるときに蘇芳神社を訪れて石碑に書かれたことを読んだ。それは宿屋の女性に聞いた話と少し違っていた。

「その男性は、村人に処刑されるとき、生まれ変わって別の形で彼女と会いたいと言い残したと。そして最後まで女性の幸せを願っていた、と書かれていました。それが人々の心を打ったのでしょう。男性の魂を鎮め、再びその女性と出会えるようにと願いを込めて祠が建立された」

「そ、そんな……ことが」

「その人は、ソラネさんの幸せを願っていたのです。幸せを願って、そこではない他の場所で自分の居場所を探して欲しいと、牢から逃がそうとしていた……」

「ああ……あの者は……」

　ソラネは急になにかを思い出したような仕草をした後に両手で顔を覆った。

「そうだ、言っていた。こんな場所から出て、力があることは隠して……どこかで一緒に暮らそうと。どうして忘れていたのか……。そんな優しい者を、村人たちはなぶり殺しにした。だから妾は復讐を……しかし、あの人の弟だけは殺せなかった。同じ……目をしていたから」

「お前に悪意を向けた者よりも、お前を助けようとしてくれた者のことを考えてはどうだ？　その者はお前の幸せを願っていたのだろう？　ならばお前は幸せになるように生きなければならないのではなかったのか？」

　藤十郎の問いかけに、ソラネは応えない。

　両手で顔を覆ったまま、泣いているようだった。かつてソラネを逃がしてくれようとした、その人のことを思い出しているのだろうか。

「ああ……そうだったかもしれない」

「そうだ。きっと恨みで目の前が曇っていたのだろう。……しかし、今更遅い……」

そうしてソラネは天を仰いだ。

天の裂け目からは不気味な音が響き続けていた。まるで、生贄を寄越せと催促しているようである。

「呼び出しておいて、なにも捧げぬわけにはいかぬ。その者の怒りをかったら……」

その途端に空から耳をつんざくような轟音が響き、稲光が落ちてきた。

そして、空の裂け目から大きな目が覗いた。その目に睨まれた途端に背筋が震え、その場から動くことができなくなってしまった。

「……なるほど。相手をするのは少々難しいようだな」

藤十郎はあやかし斬りの剣に手をかけるが、あのような存在相手にやりあうのはどう考えても無理がある。

(一体……どうしたら?)

天狐であるせつなの力があればなんとかできるかと考えるが、その手立ては思い浮かばない。圧倒的な力を目の前にして、ただ立ち尽くすしかない。

「そう、ただで帰すわけにはいかない」

ソラネは天を仰ぎ、そして大きく手を伸ばした。

「では……妾の身体を捧げよう」

「いえいえ、ソラネさん！　それはいけません！　ソラネさんは幸せにならなければならないのです……！　こんなことは……」

　せつなは必死に呼びかけるが、ソラネはゆっくり首を横に振る。

「いいのだ、黄泉の国に行けばその者ももしかしているかもしれない。あるいは、生まれ変わってその者に会えることを願おう。こんな……人々を蹂躙してきたあやかしではなく、今度は人の姿で」

　そう言ってソラネはまぶしいほどの笑みを浮かべた。恐ろしいあやかしだったソラネが、人としての顔に戻ったと思えるような笑顔だった。

「思えば……ソラネという名前は両親が空から落ちてきた宝物のような赤子だったからソラネと名づけたと聞いていた。そんな優しい両親も……変わってしまったが、かつては妾を愛してくれていた。空から落ちてきたのならば……空に還ろう」

　そしてソラネの身体は空へと吸い込まれていき、やがて空の狭間へと消えていった。

　ソラネを飲み込んだ狭間は、まるでそれで満足したように閉じていき……後には静寂だけが残った。

「こんなこと……」

　せつなは空を睨みつつ呟き、藤十郎の方へと瞳を向けた。

　気が抜けたからか、せつなの身体から金色の光が失われた。耳も尻尾も消えていった。

「もっと他の方法はなかったのでしょうか？」

「そうだな。その方法を考えてやりたかったのだが、やり直すには少々罪を犯しすぎたのかもしれないな」

「そうかもしれませんが……」

「俺も、別の結末を望んでいた。きっと彼女を救えるものだと思っていた。残念だよ」

そんな言葉では言い表せないような無念が藤十郎の中にはあるようで、せつなはなにも言えなくなった。

確かにソラネは罪を犯したが、そこには同情できる事情があった。ソラネが巫女だった頃に彼女の行動を窘めてくれる人がいたら、村にもっと理解者がいたら、ソラネが誰かと一緒に逃げることができていたら、こんなことにはならなかったのではと考えてしまう。

せつなはしばらくソラネが消えた空を言葉もなく仰いでいた。

先ほどまでのことが嘘のように、静かな星の輝きが大地に降り注ぎ続けていた。

「……ああっ、達樹！　無事で！」

奈緒は亨一に抱かれた達樹の姿を見ると、顔を涙でぐしゃぐしゃにしながら駆け寄って来た。そして達樹を亨一から受け取ると、その場に泣き崩れてしまった。

ここは藤崎家の門前だった。

奈緒は達樹を捜しに行ったまま戻らない亨一を待って、ずっとここに居たようだった。亨一とはあの後、白凰神社で合流してそのまま戻ってきた。せつなは藤十郎に背負われていた。腰と脚の怪我(けが)は酷(ひど)くて、ソラネを見送った後には痛みで歩けなくなってしまったのだ。どうやらそこまでは気力だけで歩けたようだ。

「無事に助け出せてよかったわね」

せつなは藤十郎に背負われたままで呟いた。藤十郎は小さく頷(うなず)き、奈緒の様子を見守っていた。

やがて亨一が奈緒を立たせ、門の中へと入っていった。

が、奈緒は抱いていた達樹を一旦(いったん)亨一に預け、せつなの方へと駆けてきた。

「ああっ、せつなさん！　無事で……」

少しばつが悪そうに、しかし本当に心配げに話しかけてくれた。

「あの……本当にごめんなさい……。後でちゃんと事情を説明して……」

「いいの。今は達樹くんと一緒に居てあげて」

奈緒は何度も頷いて、名残惜しそうにせつなの方を振り向いてから、亨一と達樹と一緒に屋敷に入っていった。

せつなと藤十郎も、それに遅れて藤崎家へと入っていく。無事に戻ってこられてよかった、と、せつなは今はそれだけしか思えなかった。

疲れのせいなのかその日は夕餉もとらずに寝てしまったが、翌日にはすっかり元気になった、が……脚と腰が痛むせいで思うように動けなかった。

朝、せつなは自室の布団に身体を横たえたまま、枕元に座る藤十郎と話していた。

「ゆっくりと休んでいるがいい。思えば、こちらに来てからずっと動きっぱなしだったのではないか？」

藤十郎はそう言ってくれるが、嫁として、正月の準備が手伝えないのは情けない。それに義祖母にも不興を買ったままで、認められるどころの騒ぎではない。なんとか挽回できないものかと考えていたのだが。

「座ったままでもお手伝いできることはないでしょうか？」

「腰を痛めているのならば、座っているのも辛いのではないか？　しかも痛みが酷くなったからと、作業を中途半端にして部屋に戻る、ということをなかなか言い出せないのではないか、せつなは」

確かに藤十郎の言うとおりで、周りに遠慮するばかり、自分の具合の悪さを訴えるのはなかなか難しそうだ。それで悪化させてしまったら元も子もない。正月を過ぎたら、藤十郎と共に京に戻らなければならないのだ。そのとき身体の不調が残っていては、藤十郎に迷惑をかけてしまう。

「ではゆっくり休んで、早く回復できたらお手伝いをすることにします」

「ああ、それがいい」

藤十郎はのんびりと言う。

「それに、このところせつなが家のことばかりをしてゆっくり話す時間もなかったから」

「ええ……左様でしたね」

「せっかく実家に戻って来たのだ。少しゆっくりさせてもらう」

そして正座していた藤十郎は足を伸ばして腕を背中の方へと回して手を床についた。その仕草が少々おかしくて笑ってしまった。

「ですが、藤十郎様もあれこれとお仕事を頼まれていたのでは……？」

「それはきっと亨一がやってくれるさ。そもそも、家の仕事は亨一の方が得意なのだ。得意な者に任せておいた方がいいだろう？」

「それはそうですが……」

「そういえば奈緒さんが謝っていた。せつなにとんでもないことをしてしまった、と。事情を聞けばやはりこちらが思っていたとおりで、せつなを守ろうとやってくれたことだったのだ」

「左様でございましたか。それを聞いて安心いたしました」

義妹に恨まれて殺されかけたのには間違いがないかもしれないが、それを後悔して守ろうとしてくれたことが嬉しい。

「怪我のこともそうだし、なにもかもせつなを守るためだったのだから仕方がないことだとは言っておいたのだが、なかなか納得してくれなくてね。そもそもは自分が抱いてはいけない願いを抱いてしまったのが原因だから、と」

「ええ……奈緒さんとは……ゆっくり話をした方がよさそうです」

義妹として接してくれたのが嬉しかったのに、一時はそれが裏切られたと辛い思いをしたが、結局はせつなを守ってくれたのだ。これからもっといい関係が築けると信じている。

「それに、話を聞いていて気付いたのだが、どうにもこの件を裏で操っていた者がいたように思えるのだ。いや、操るというのは少々大袈裟かもしれないが」

藤十郎は慎重な口調で語り出す。

「それは……ソラネの封印が解かれていたということに関係が？」

「ああ、さすが鋭いね。俺の先祖が施した封印だ、なにかの弾みだとか偶然だとかで解けるものではない。封印を解いた者がいる。ソラネは我が家に縁があるあやかしだ。もしかしたら、我が家……あるいは俺に禍をもたらそうと企んだ者がいるのかもしれない」

その眼差しが怖いくらいに真剣なもので、せつなはしばし忘れていた、京であやかしと対峙していたときの藤十郎を思い出した。

「奈緒さんを例の祠にいざなった人間がいるようなんだ。牢の鍵を開け、そしてソラネが解放されたのを確かめて、閉めたのもその人物だという疑いが濃い。それが誰なのか……右京に聞いてみたら、それらしい人物がいた。だがその者は一時だけ神社に身を寄せて既に出立してしまったとのことだった。どうやら、亡き妹の魂を鎮めるために方々の神社に祈って回っていると語っていたそうなのだが……」

藤十郎は思いつめたように唇を噛む。その人物について心当たりがあるのかもしれない。せつなも思うところはあったが、その名前は口にしなかった。藤十郎が辛そうな顔をしているから。

「ですが、なぜわざわざ奈緒さんに？　封印を解いたならば自分でソラネを解放すればよかったのでは？」

「奈緒さんに関与させて、その罪を奈緒さんに着せたかったのかもしれない。そして俺やせつなを苦しめようと企んだのか……なにもかも想像でしかないが……」

なにはともあれ、その陰謀について暴くのは難しそうだ。白凰神社の宮司はこの件について知らぬ存ぜぬを貫いているらしい。

「それから……改めてはっきりと言っておくが」

藤十郎は居住まいを正してから、語り出した。

「お祖母様がせつなとは別れるようにと言っても、俺の方は別れる気などない。従えないのならば家を出て行けと言われたら、それを了承するだろうな」

「いえ、それはいけません。いくら藤十郎様は今は京にお住まいで、もしこの先ずっと京で暮らすことになっても、ご実家は大切にされるべきです。それは、決してこちらから手を離してはいけないものです」

力を込めて言うと、藤十郎は虚を衝かれたような表情となり、それからふっと笑った。

「これだから。せつなには参るな」

「そ、それはどのような意味でしょうか？」

なにかいけないことを言ってしまったか、と戸惑うが。

「俺よりも俺のことを考えていてくれる。そんな人は滅多にいない。だから、せつなのことを手放したくないんだ」

そう言われると照れてしまう。

せつなの方こそ、そんなふうに自分を認めてくれる人を他に知らない。

「そうだな、家族とは上手くやっていきたいと思う。しかし、だからと言って我慢をしすぎる必要はない。お祖母様のことにしてもそうだ。みんなお祖母様の顔色ばかり気にして、良いも悪いも言えなくなっている。お祖母様だって間違うこともある。それを間違っていると言える人がいないのは問題だとは思わないか？」

「問題だと……は思いますが」

「なにもせつなに言えとは言っていないが、少しは反抗的な嫁がいてもいいではないか。むしろその方が俺は頼もしいと思う」

「そのようなものでしょうか？」

「そのようなものだ。なにがあっても必要以上に深刻に捉えることはない。実家でも、もっと気軽に過ごしてくれていいんだ。……ということで、せつなは怪我人なのだからなにも気にせず過ごせばいい」

その言葉にどんどん気持ちがほぐれていった。本当に藤十郎を夫とすることができてよかったと思う。

「少し邪魔をするよ」

襖の向こうから声がして、それが義祖母の花恵のものだと分かったせつなは、布団に横たわっていた状態から身体を起こそうとしたが腰が痛んで上半身を起こすのが精一杯で、正座をしようとしたができずに、布団の中に入ったままで迎えることになってしまった。

「……ああ、起きていたのかい。ちょうどよかった」

花恵はせつなが床に入っていることは特に気にしていない様子で、藤十郎の隣に座り、せつなのことを見つめた。

「どうだい、少しは具合はよくなったのかい？」

「ええ、おかげさまで。すみません、こんなことになってお正月の準備をお手伝いできずに。ですが、近隣の方々のご挨拶は予定通りに……」

「いいんだよ、そんなことは気にしなくて。それよりも悪かったね、奈緒に全部聞いたよ。私が気付いて奈緒を止めないといけなかったのだが」

殊勝げに言う花恵が、いつもとは違った雰囲気で戸惑ってしまい、慌てて声を上げる。

「いえいえ！　そんな、とんでもない」

「それに藤十郎もだよ、もっと嫁のことを見てやらないと駄目だろう」

まさか自分まで叱咤されるとは思っていなかったのか、藤十郎は苦笑いを浮かべた後に、まったくそのとおりです、と花恵に頭を下げた。

「奈緒のことはね……私がこんなことを言うと変かもしれないが許してやってくれないか？　聞けば牢に閉じ込められたり、怪我をしたりと大変だったようだが」

「もちろんです！　奈緒さんとはこれからも仲良くしていきたいと思っております」

「そうかい、それはよかったよ」

花恵はふうっと息をついた。

「実は今回のことで奈緒に責任を取らせようなんて意見があってね。こんな騒ぎを引き起こしたことを反省させるために、一度実家に戻した方がいいなんて」

「そんなっ」

せつなは慌てて花恵に詰め寄った。

「奈緒さんはなにも悪くありません。ただ、少しお疲れになって判断を誤られただけだと思います。それなのに、実家に帰すなんて」

「まあ、なにも悪くないは言い過ぎかもしれないが」

せつなの言葉に藤十郎が苦笑いを浮かべつつ続ける。

「最後はせつなを守るために行動してくれた。それより前に俺に相談してくれればよかったとは思うが、まだそこまでの信頼関係が築けていなかったので仕方がない。俺もせつなも、奈緒さんを責めるような気持ちはまるでありません」

きっぱりとそう言ってくれたことが嬉しくて、せつなは藤十郎の隣で頷いた。それで花恵も安堵したような表情となった。

「お前たちにそう言ってもらって助かった。奈緒は困ったところもあるが、藤崎家の嫁として藤崎家のために働いてくれている。なにがあっても、たとえ奈緒自身があやかしになって誰かに危害を加えるなんてことがあったとしても、無下に見捨てるようなことはしたくないんだよ」

花恵がそのような考えであることに驚くと共に、とある言葉が気になってしまう。

「あの……あやかしになったとしても見捨てない、ですか？」

恐る恐る聞くと花恵はややあってから頷いた。

「ああ、奇妙なことを言ってすまないね。ただ、知り合いにいるんだよ。娘が狐憑きになってしまって、その処遇に困った人が」

「狐憑き……ですか」

せつなの心がぽんっと跳ねた。まさかそんな話が出てくるとは思ってもいなかった。

「ああ。その娘の父親はすぐに娘を追い出すように言ったが、母親が頑として譲らなくてね。暴れ続ける娘に、ひと月ほど辛抱強く語りかけたんだそうだ」

「ひと月も、ですか？」

「ああ。そうしたら、やがて答えてくれたそうだ。どうやら、望まぬ婚姻を持って来られたが、断ることをできずに悩んでいたと泣きながら告白し、その途端に元に戻ったそうだ。あのとき、見捨てるようなことをしなくて本当によかったと涙ながらに語っていたよ」

花恵はなにかの思いを吐き出すように、ふぅっと息をついた。

「つまり、一度藤崎家の者になったらそう簡単に見捨てることはないということだ。ああ、あんたもだよ、せつな。藤十郎を実家に連れてきて、家の仕事をあれこれやってくれた。もうそうそう離縁なんて言い出さないから安心をし」

せつなが藤十郎に視線を送ると、藤十郎もせつなの方を見ていた。せつなもだが、藤十郎もその話を聞いて思うところがあったはずだ。

これは仮定の話でしかない。いざ、せつながあやかしの子だと分かったときにどんな反応を示すのか分からない。だが、今の義祖母の話はこのところ悩んでいたことに、少しの光をもたらせてくれたことは確かだ。そして、もう離縁しろなんて言わないということにも安堵した。

「それで……そうそう、だいたいのことは想像がついているのだが、あんたがあのあやかしを祓ったのかい？」

あのあやかしとはソラネのことだろう。

祓った、というよりは自ら逝ったという方が正しいのだが、藤十郎はどう説明するのかと思っていたら、そのままの出来事を話した。ただし、せつなが力を使って、うんぬんの話はしなかったけれど。

「……そうかい。私は当主の妻だったからね、一応、事情はひと通り聞いていたんだ。とんでもないあやかしが白凰神社に封印されていることも、いずれは祓わなければならない存在であることも。しかし、そのあやかしをまさか藤十郎が祓ってしまうなんてね」

「……いえ、正確には俺が祓ったのではありません。話を聞いてくれるあやかしで助かったというだけです。思えば、もっと早くに話をすればよかった」

藤十郎は悔いるように瞳を伏せる。今回の騒ぎが起こる前になんとかできたかもしれない、との思いが強いのだろう。

「結果からするとそうかもしれないが、無理だっただろうね。なにしろ多くの人を殺めたあやかしだ。こちらの命が危うい、下手なことはできない」

それはまったく花恵の言うとおりだ。ソラネのことを凶悪なあやかしだと皆は恐れていて、話など通用しないと思っていたのだろう。ソラネのしてきたことを思うと無理からぬことだ。

「とにかく、あんたがそんな立派な術師であるとは驚いた。どうやら術師としてのあんたを認めて、礼を言わないといけないようだ」

するとは不意に花恵は後ろに下がり、藤十郎へと深々と頭を下げた。

「これで、この辺りの人々は安心して暮らしていけるよ。封印されているとはいえ、あやかしが近くにいるなんて、いい気分ではないからね」

「いえお祖母様、そんな。頭を上げてください。お祖母様にそこまでされることは……」

さすがの藤十郎も、急に花恵に頭を下げられて戸惑っている様子だった。

「あんたにそんな力がなければ、京になんて行かせずに済んだのに、なんて思っていたことを恥ずかしく思うよ。全ては定められていたことだったのだろう」

「そう理解していただけるのならば嬉しいことですが」

「……よし、決めたよ」

花恵は頭を上げてから、膝をぽんと叩いた。

「京での仕事を認めることにするよ。あんたがこちらのことを捨て置いても京を離れられないと言っているんだ、よほど周囲に頼りにされて、あんたにしかできない仕事をしているのだろう」

「別にこちらのことを捨て置いているつもりはないのですが」

藤十郎は困った様子である。なんだかんだと花恵には勝てないようだ。

「捨て置いているようなものじゃないか。正月も盆も帰らず、文も滅多に寄越さずに」

「はい。これからは正月も盆も帰ることにします、せつなと一緒に」

「あのっ、文は私が書きます。こまめに近況を知らせるようにします」

「ああ、分かった分かった。期待をせずに待っているよ」

花恵は顔の前で大きく手を振った。

信頼されていないのか、とも思ったが、それはそんなに不快なものではなかった。

「それからね、一応あんたに断っておいてからと思ったのだが」

花恵はこほんとひとつ咳払いをして、姿勢を正した。

「次期当主のことだがね、亨一に任せようと思うのだがどうだろう？」

それは花恵の口から出たとは思えない言葉で、せつなも、そして藤十郎もしばしぽかんと花恵の顔を見つめてしまった。

「いや、あんたが当主の座は渡さない、というのならば引っ込めようとしている話ではあるのだが」

「いいえ、とんでもない！　次期当主には亨一が相応しいと兼ねてから思っておりました」

「そうかい。私はどうにも頼りないと思っていたんだが……嫁にもすっかり尻(しり)に敷かれているようだしね。ただ、あやかしに攫(さら)われたという達樹のことはもう諦(あきら)めろと言ったのに、使用人や村の若い者たちを先導して捜しに出たのを見て、いやはや、私は亨一を見くびっていたと思ったのさ。普段は大人しいが、いざとなったら正しい判断をして動くことができる。当主として相応しいのではないかと思ってね」

「ええ、俺もそう思っていました」

「ならば、次期当主は亨一に任せるということで異存はないね」

念を押すように言う花恵に、藤十郎はしっかりと頷いた。

「せつなも異存はないかね？　あんたは当主の妻になるつもりで嫁いできたはずだが」

「ええ、もちろん異存はありません。私は、藤十郎様のお側にいて、藤十郎様を支えられればいいのです」

「そうかい、それならいい。当主の話は正月の宴(うたげ)の席で発表するよ。いいかい？」

ふたり揃って頷くと、花恵は怪我人がいるのに長居をしては悪いと言ってすぐに部屋から出て行こうとしたのだが。

「ああ、そうだった。あんた、正月の宴は無理をしなくてもいいが、五日までにはちゃんと動けるようになっていないといけないからね」

「五日……？　ですか？」

「親戚たちが帰る前に、ちょっとした余興を考えているからね」

花恵は不敵な笑みを浮かべて、今度こそ部屋を出て行った。

せつなは藤十郎と顔を見合わせて首を傾げた。

「余興……とはなんでしょうか？」

「分からぬ。まあ、それはさておき、これで心配事がひとつなくなった。ずっと藤崎家の次期当主として期待されているのが苦しかったのだ」

藤十郎はやはり、京であやかし退治の仕事をすることを一番に望んでいるのだ。

「よかったです！　私もこれで佐々木さんに言い訳が立ちます」

「……佐々木に？　なにか言われていたのか？」

「あ……」

眉根に皺を刻んだ藤十郎を見て、しまったとばかりに口をつぐんだが、もう遅かった。

「ええ……実は。藤十郎様がこのまま京でお仕事ができるように、実家の人たちを説得して欲しいと」

「なるほど、あいつが言いそうなことだ」

ふっと表情を消したが、京に戻ったら佐々木になにか言いそうだと危惧した。せつなが言いつけた、という形になるととても嫌だ。

「あの……佐々木さんも、他の隊士の方も藤十郎様のことをとても気にしているのです。ですが、藤十郎様に実家のことを直接言うのが憚られて、それで私に頼んだのでしょう」

「それは分かるが、せつなを困らせるようなことを言って」

「このくらいのことで困っていたら藤十郎様の妻としてやっていけません」

どん、と胸を叩くと、藤十郎はぷっと噴き出した。

「これはこれは……ずいぶんと逞しいお嫁様だ」

「ええ、もちろんです。なんでもお任せください」

冗談めかして笑うと、藤十郎はせつなを抱き寄せた。

突然のことに驚いて動けなくなっていると、ふとついばむような口付けが落ちてきた。

「当主の座を捨てても、なにを捨てることがあってもせつなだけはずっと側にいてくれ」

「はい……」

頬を赤らめながら頷くと、更に深い口付けをされて、せつなはいまここに居ることの幸せを噛み締めた。

藤崎家の正月は盛大なものだった。

大晦日（おおみそか）になると親戚の者たちが勢揃いした。大叔父（おおおじ）や大叔母（おおおば）、その子供たちと総勢三十人ほど。特に今年は藤十郎が戻って来ているという知らせを聞いたのか、普段は遠方に住み身体の調子が悪いからと正月の挨拶（あいさつ）を遠慮している者たちまでやって来た。藤十郎はそんな親戚たちに囲まれて、大晦日は夜遅くまで話し込んでいたようだった。

夜明けと共に白島（しろしま）神社へと一家総出で初詣（はつもうで）に行き、戻ってくると正月料理が用意されていたので、それを一族揃っていただく。正月の朝は一族のみで静かに過ごすのが藤崎家の慣（なら）わしで、今年も新しく年を迎えられたことを年神様に感謝し、粛々と食事を続けていた。

せつなはもう起き上がって歩けるようになっていたので、藤十郎に支えられながら初詣に行き、藤十郎の隣に座って正月料理をいただいた。

藤崎家に嫁いでから正月はもう三度目のはずなのに、隣に藤十郎が居るだけでそれはまるで別の行事のように感じる。嫁ぎ先との絆（きずな）を強く感じ、今までいろいろあったが、自分はここに居ていいのだということを思えて心から安堵（あんど）した。

「ここで少し話があるのだが、いいかね？」

花恵が言うと、今まで和やかな雰囲気に話していた者たちが話を止めて、花恵に注目した。

「英雄（ひでお）、いいかね？」

花恵が藤十郎の父であり、現当主の英雄へと水を向けると、彼はひとつ咳払いをしてから切り出した。

「実はこの藤崎家にとって大切なことを決めたので、皆に賛同を得たいと思うのだ」

英雄は少々緊張した面持ちであった。それに伴って、皆の顔も緊張したものになる。きっと大きな報告があるのだと気付いたのだろう。

「実は藤崎家の次期当主についてなのだが、亨一に任せようと思う」

その言葉に、親戚中の視線が亨一へと注がれた。

どうやら亨一本人はそのことを聞いていなかったようで、呆気に取られたような顔をしている。隣にいる奈緒は、ぽかんと口を開けて英雄のことを見つめている。まるで信じられないという表情だ。

「亨一、引き受けてくれるな？」

念を押すような言葉に、ようやく事態が吞み込めたのか、亨一が慌てて声を上げる。

「なにをおっしゃっているのですか？　次期当主は藤十郎兄さんに決まっています。俺が当主なんて……」

「順当にいけばそうなのだが、お前も知っての通り藤十郎はどうやら京の方に縁があるようでな、藤崎家の当主として立つよりも、やらなければならないことがあるようだ」

「ああ、そういうことだから、藤崎家のことはお前に任せるよ」

朗らかな笑顔で言う藤十郎の横で、せつなは頷いた。

「誰に似たのだか。親の意向に逆らってそんな呑気な顔をしているとは、困った息子だ」

英雄はぶつぶつと言いながらも、もう藤十郎を当主とすることはすっかり諦めた様子だった。

「兄のお下がりなんて、嫌かもしれないが」

「そんな！　とんでもないです！　いえ、しかし俺に当主の座なんて務まるかどうか……」

「もちろん今すぐに当主になれなどという話ではない。私もまだ現役だしな」

「それはそうですが……。俺は……正式な子ではありませんし」

「生まれのことを気にしているならば、そんなことは些細なことだ。今まで亨一が藤崎家のためにどれだけ身を粉にして働いてくれていたか、皆知っていることだろう？」

そう呼びかけると、多くの者は頷いた。

ここで反対の声が上がってもいいようなものだったが、どうやら事前に花恵と英雄が親戚たちに根回しをしていたような気配があった。あからさまに不服そうな顔をして杯を傾けている者もいたが、ここで異議を差し挟むような気はないようだ。

「これから次期当主としてしっかり仕込んでいくつもりだから、覚悟をするように」

「はい……！　もちろんです」

亨一はがばっと平伏した。それを見た奈緒も慌てて頭を下げた。

こうして亨が正式に次期当主と決まり、藤十郎はそれを支える身となった。

親族での正月の朝餉が終わると、ひっきりなしに客がやって来た。

その接待をするのは嫁の務めであったが、それは全て奈緒が引き受けてくれていた。由里はまだ身体が本調子ではなく、せつなは起き上がって歩けるようになっていたが、お客さんを案内したり、お酒を注いで回ったりということができそうもなかったので、宴の席からは離れていた。その代わり、来てくれたお客さんにお土産を渡す役割をしていた。座ったままでもできるのでかなり助かった。

「あの……せつなさん」

ふと見るといつの間にか奈緒が隣に座っていた。神妙な顔で、ただならぬ雰囲気だ。

「奈緒さん」

「あの……当主の件ですが……やはり私は受けるべきではないと」

不意にそんなことを言い出したので戸惑った。まさか奈緒の口からそんなことを言われるとは考えてもいなかったのだ。

「だって、藤十郎さんを差し置いて、うちの夫が当主だなんて。それにせつなさんも嫌でしょう？　藤十郎さんが長男なのに、次男が当主となるなんて、普通はないことですし」

「私からはなんとも……藤十郎様が受け入れたのですから、それに従うだけです」

「でも、本当は嫌でしょう？　しかも、私が当主の妻になるのよ？」

「私は、奈緒さんならば立派に当主の妻になって亨一さんを支えられると思うの」

「そんな……自信がないわ」

謙遜(けんそん)ではなく、本心からそう言っているような気配があった。きっと急なことで戸惑っているのだろう。

「それに、私はあなたをあんな酷(ひど)い目に遭わせて」

「それは私を助けるつもりだったからでしょう？」

「……そもそも、私がせつなさんがいなくなれば、なんて願ったのがいけないのよ。あのときはカッとして、見境がなくなってしまったの。そんな自制心もない者が当主の妻だなんて」

奈緒は両手で顔を覆った。

先だってのソラネの件は、奈緒の中でかなり尾を引いているようだった。

あやかしの事件に巻き込まれた者はみんなそうであるようだった。藤十郎からも、もし奈緒の方からなにか言って来たらあれこれ気遣ってやるようにと言われていた。

せつなは奈緒の手を取った。

「奈緒さんは悪いあやかしに惑わされてしまっただけなのよ。気にすることないわ」

「でも、当主の妻なんて、私ばかりが願いが叶(かな)って……私は酷いことを願ったのに」

「私も……願いは叶ったわ。実はこちらで暮らすよりも京で藤十郎様と暮らす方が気が楽だと思っていたの」

せつなが笑顔を向けると奈緒はふっと表情を和らげた。

「ああ、その気持ちは少し分かるけれど。なにしろお義祖母様は口うるさいし」

「そうよね。嫁という立場も大変なものよ」

そう冗談めかして言うと、奈緒はぷっと噴き出した。そしてせつなもつられて笑い、ふたりの間に和やかな空気が流れた。

「私、もうお客様の相手に戻らないと」

「ええ。私ができない分、奈緒さんががんばって」

「本当よ、せつなさんのせいで大変よ！」

笑いながら言って、奈緒はすっと立ち上がり客間の方へ戻っていった。

その後ろ姿を見ながら、この家は亨一と奈緒が盛りたててくれると確信した。ふたりならばきっと上手くやってくれる。……それが少し寂しい気がしたが、きっとこれが一番いい形なのだろう。

（さて、私は京に戻ってやらなければならないことがあるから。それまでにちゃんと怪我を治さないといけないわ）

京に戻る日取りはもう決まっていた。少しの寂寥感を覚えながらも、京で暮らすことがきっと自分に合っているのだろうと考えていた。

「私は本当は不服なのよ。でも、仕方がないでしょう？　お義母様が決めてしまったし、夫は反対しなかったし、藤十郎も了承したのだから」

その日の朝、急にせつなと藤十郎の部屋にやって来た由里は子供のように唇を尖らせた。

翌日には京に発つことになっていたため、せつなは支度を調えていた。藤十郎は朝早くから花恵に呼び出されて、部屋にはいない。

「お気持ちは、分かりますが……」

「本当に？　いえ、別に亨一が次期当主になることをああだこうだと言う気はないの。……いえ、結局はそういうことになるかしら？　なにより、藤十郎の足がこちらから遠のきそうで、それを気にしているのよ！」

由里はあまり周囲に対して不平を言うような人ではないのに、それを口にするということはかなり不満なのだろう。

「あの……ご自分のお子さんが当主にならないことがご不満ということではないのですか？」

せつなは思い切って聞いてみた。

亨一は妾の子供であり、由里にとっては目の敵にしてもおかしくない相手である。由里は亨一のことをどう思っているのか以前から気になっていて、それを聞くよい機会だと思ったのだ。

「なにを言っているの？　亨一は私が育てたようなものだもの。……まあ、私が病弱なせいもあって、あまり世話はできなかったけれど。藤十郎の大切な弟よ、今更別の女の子供だから、なんて思わないわよ。亨一も母と呼べるのは私だけだと言ってくれているし。奈緒さんはちょっと遠慮しているところがあるようだけれど、それもそのうちに解消するわ」

「私……それを聞いてほっとしました」

どうやらせつなが気を回しすぎだったようだ。

「あら、そう？　でもね、それで安心して京で暮らしてもらっては困るのよ。こちらのことも気にかけてもらわないと」

「それはもちろん気にかけますとも」

「……本当に？　ああ、でもきっと今だけよ。だって自分の弟が当主である家になんて、近づき難くなるに決まっているもの」

由里はなおも小言を漏らす。これはもう、すぐにどうこうなることではないのだろうとせつなは諦めて、とにかく相槌を打ちながら話を聞くことに努めた。そのうち由里の気持ちもおさまるだろう、と。

「決めるにしてもこんなに急に決めることはないと思うのよ」

「はい、そうですよね」

「でも、とにかくお義母様はこうと決めたら譲らない人で。当主としての仕事を覚えてもらうなら早い方がいいと」

「なるほど」

「でもね、うちの夫も若いし、まだまだ現役よ？　だから急ぐ必要はない、藤十郎の仕事のことがあるのは分かるから、それが落ち着くだろう数年後まで待ってはどうかと提案したの」

「そうでしたか」

「そうしたら、そんな曖昧なことを待っているわけにはいかないとお義母様が」

由里はこんなことを話せる相手が周りにいないのか、せつなに一方的に話していった。

さすがにいつまでこの話が続くのだろう、と思ったときだった。

「それで……と！　いけない！　私、ここに来た目的を忘れるところだったわ！」

由里はぱんと手を叩いて立ち上がった。

「実はせつなさんに着てもらいたいものがあるのよ！　こちらへ来て」

由里はせつなの手を取り、そのまま別室へと連れて行った。

着てもらいたい、とはなんなのかと疑念を抱きながら付いて行くと……思いもよらないものがそこに用意されていた。

「これは……」

目前にあるものが本当に存在しているものか信じられずにぼんやりと立ち尽くし、ゆっくりと瞬(まばた)きを繰り返す。

「うふふ、お義母様の差し金よ。そうだったら逆らうわけにはいかないでしょう？」

それは白無垢(しろむく)だった。

せつなが結婚式の日に、来ない夫を待ちながら着ていた白無垢だった。

いい思い出がない、二度と見たくないと願っていたもの。今でも市井で白無垢姿の花嫁を見ると、苦しさにぎゅっと胸が締めつけられる。

「祝言をやり直しましょう、とお義母様の提案よ。お義母様も、私も、もちろん藤十郎もせつなさんには悪い事をしてしまったと思っているのよ。来ない夫を待つだけの祝言を挙げてしまって」

「そんな……私は……」

「お正月で親戚(しんせき)が集まっているから、ちょうどいいわ。二度も祝言をやるなんて縁起がいいものではないかもしれないけれど」

「だから余興……ええ、お義祖母様がそうおっしゃって」

「余興にされて不快かもしれないけれど、でもきちんと祝言は挙げるべきだと思うのよ。さあ」

せつなは白無垢を目前にしてまだ迷っていた。

寂しい思いが蘇る。消えてしまいたいと思ったあの日の思いが。

二度と袖を通すことがないと思っていたこの白無垢を再び着ることで、その気持ちが上書きされるのだろうか。

「さあ、早く」

「いえ、でも……」

なおも躊躇って声を上げてしまう。急にこんなことを言われても心の準備ができない。

「藤十郎も待っているわ。あの子ってばせつなさんの花嫁姿を見ていないんだもの。夫としてこれほど情けないことはないでしょう、と言ったら急に慌てた顔になって、ぜひ祝言をやり直そうと」

「藤十郎様が……？」

由里はゆっくりと頷いた。

白無垢姿で藤十郎の横に立ちたい。そう思ったら悲しい思い出しかない白無垢へと手が伸びた。

そうして由里が手伝ってくれて、そのうちに使用人たちもやって来てせつなの支度を調えてくれた。髪を結い上げて、化粧をして、そして白無垢を身にまとって……。姿見に映った自分の姿は、不安に苛まれている悲しい花嫁ではなく、好きな相手に嫁いでいく幸せそうな花嫁に見えた。

「まあまあ、やっぱりきれいね」

由里は姿見を見ながらそっと微笑んだ。

「本来ならば白無垢に二度も袖を通すなんて不幸なことかもしれないけれど、今回はこれからも縁を結ぶためですものね」

「はい……」

頷くと堪えていた涙がわっと溢れてきた。

悲しく辛い思い出も。嬉しく幸せな思い出も、全てを抱えて藤十郎に嫁ぐのだ。

「……あら、藤十郎。あなたの方も支度ができたのね」

由里の声に涙を拭いながら顔を上げると。そこには黒紋付き羽織袴姿の藤十郎がいた。

中庭から入り込んできた緩やかな初春の光に照らされて、穏やかに佇んでいるその姿に目を奪われてしまう。彼の元に嫁いだら、きっと三国一の幸せ者になれるとそう感じさせられるたたずまいだった。

「どうしたせつな、母上になにか言われたのか？」

そして険のある表情を由里に向ける。話によっては由里を責めるような視線である。

「嫌ねえ、私は嫁いびりなんてしないわ」

「そうですっ、これは……。なんだか嬉しくて、知らずに涙が出てきただけです」

ああ、以前の祝言とはなんて違うのだろうと。

こうして妻のことを心配してくれる夫は不在で、藤崎家の人も冷たく、居るべき場所が分からなかった。

「ああ、そうか。俺はずいぶんと惜しいことをしていたのだな」

藤十郎はなにかまぶしいものを見るような目でせつなを見つめた。

「こんな美しい花嫁を待たせて、もらい損ねるところだった」

「本当よ！　よかったわね、せつなさんが京まで迎えに来てくれて。……さあ、準備ができたなら早く来なさい。私は先に行っているわね」

由里はそう言い残して部屋から出て行った。

残されたふたりは、しばしお互いに見つめ合っていた。

「では、行こうか」

「……はい」

藤十郎に手を引かれ、せつなはゆっくりと歩を進めていく。

こうして手と手を取り合いながら、ゆっくりと歩んでいければいいと願っていた。

お便りはこちらまで

〒一〇二―八一七七
富士見L文庫編集部　気付
黒崎　蒼（様）宛
AkiZero（様）宛